「カトレア・シュトラミウスの名をもって、セラス・アシュレイン――貴方を、ネーア聖騎士団長に任命します」
カトレア・シュトラミウス
セラス・アシュレイン

「セラス様」
マキアが剣の柄を強く握り込み、互いに背を預け、剣を構え直す。
マキア・ルノーフィア

「ええ。どうやら――
囲まれた、ようですね」

今はもう朧気な遠き思い出。しかし彼女の中には確として——

ハズレ枠の【状態異常スキル】で最強になった俺がすべてを蹂躙するまで 11.5

篠崎 芳

OVERLAP

CONTENTS

Illust : KWKM

遙か昔——大陸にハイリングスという国があった。
その国に住むハイエルフは人間たちと共存していた。
しかしある時、人間たちがハイエルフを狩り始めた。
殺すのではない。
主に、奴隷として使役、あるいは愛玩用に手に入れるためである。
ハイエルフたちは追い詰められていった。
ある日、精霊の契約者でもあるハイエルフたちは、
精霊の中でも特に絶大な力を持つとされる大精霊に救いを求める。
その求めに大精霊は応えた。
大精霊は"狭間の世界"と呼ばれる
大陸と隔てられた空間にハイエルフたちを移住させた。
そして、二つの世界を繋ぐ場所に大幻術と呼ばれる
強力な結界を施したのである。
また、移住先で新生ハイリングスが誕生した際に
大精霊はいくつかの厳しい掟を定めた。
この掟の遵守は、
大精霊がハイエルフたちに力を貸す条件の一つでもあった。
大精霊は言った。
"絶対の掟から生まれる秩序こそが、永劫なる平穏を約束するであろう"
新生ハイリングスのハイエルフたちは、
自分たちを危機から救ってくれた大精霊を深く信仰し、
また、大精霊もそんな彼らを守護し続けた。
ハイエルフたちは今も、
その掟を絶対のものとして守り続けている……。

プロローグ

ハイリングス。

大幻術により外の世界から隔絶された国。

何人《なんびと》たりともこの大幻術を破ることはできない。

ハイリングスを守護する大精霊の許可がなければ誰も入国できない、とされる。

この大幻術は神族ですら破れぬ結界――そう言われている。

ハイリングスに住まうのは耳長の長命種たち。

種族としては、彼らはエルフに含まれる。

ただ、そのエルフの中において彼らは〝ハイエルフ〟と呼ばれていた。


ハイリングスの王都エリオン――クインレイル城。

国王の私室で〝その時〟を今か今かと待ちわびる者がいる。

ハイリングスの王――オライオ・アシュレイン。

大窓から望む緑豊かな城下町。彼はそれを、窓越しに眺めていた。

「…………」

これが初めてではない。

しかし何度経験してもこれにはなかなか慣れない。

（他のことには慣れていくのに――まったく、不思議なものだな）

オライオは自嘲の微笑《ほほえ》みを浮かべる。

できればそばにいてやりたい。

が、王が同室にいてはならぬ。

伝統的にそう決まっている。

ゆえに王は待つしかない。その時を。

腰の後ろで手を組んだまま、澄み渡った空を眺める。

「……大精霊よ。どうか今回も、無事に――」

その時、

「陛下」

待ちに待ったその報が、もたらされた。

「無事、お生まれになりました」

王妃であるシーリン・アシュレインは、慈愛に満ちた表情で寝具の上にいた。

彼女の細腕に抱かれているのはまさしく生まれたばかりの赤子。

シーリンが部屋を訪れた王に微笑みかける。

オライオがねぎらいの言葉をかけると、シーリンは目もとをより一層緩めて、

「女児です」

「女児か」

オライオはできるだけ音を立てぬよう妻のそばに寄った。

玉のような我が子を見る。

陳腐な言い回しかもしれないが——


この世で最も美しい宝石のようだ。


そう思った。

久方ぶりに誕生した娘への愛《いと》おしさがそう思わせたのか。

はたまた、そう思うに足る何かをこの娘が秘めているのか。

オライオは両手を組み合わせ、大精霊に感謝の祈りを捧《ささ》げた。

「——感謝いたします。こたびもきっと、あなたが見守っていてくださったおかげです」

シーリンが問いかける調子で、

「この子の名だけれど」

オライオは赤子を覗《のぞ》き込んでいた顔を上げ、

「女児ならばこの名にしようと、事前にそう決めていた通りだ」

「では、この子の名は――」

この世に生を受けたばかりの娘の顔を、二人で覗き込む。

微笑みを浮かべる王と王妃の口が、

「――セラス」

その名を、紡いだ。

「セラス・アシュレイン」

1. ハイエルフの姫君

エリオンの王都民も、新たな姫の誕生を祝福した。

アシュレイン王家にとっては久しぶりの女児である。

このハイリングスでは、王家の男児は十五の年月を迎えると次の王を目指すべく〝王の試練〟と称し、王都を離れる決まりとなっている。

そして現在、王子たちはその全員が王都を離れていた。

王都にとどまらせないのは争いを避けるため。

何しろ寿命が１００年では済まぬ長命種。次期国王候補が何人も王都にとどまっていれば、いずれ王位を巡る争いの火種が生まれかねない。

さて――王都から離れた王子たちは、同時に領地を与えられる。

そこで人の上に立つ者の経験を積み、王としての立場を学ぶ。

ちなみに王になれなかった者は、そのまま与えられた領地を治めるのが通例である（もちろん絶対ではなく、例外もあるが）。

この〝王の試練〟には長い年月を要する。

とはいえ、時期をばらけさせてではあるが、一時的に王都へ戻ること自体は許されている。

ただし戻る時期は国王が決める。

つまり、王子が自分の一存で勝手に戻ってくることはできない。

一方、国王や王妃の方から訪ねていく場合だが、こちらは大した縛りがない。そのため──現状の評価を見定める意図も含めて──国王や王妃は定期的に息子たちの領へ赴く。

では、これが女児の場合だとどうなるのか？

女児の場合は、逆に王都で大事に育てられる。

ハイリングスでは女児に王位継承権がない。

そのため、男児に比べ争いの火種になりにくい。

さらに、アシュレイン王家は昔から女児に恵まれにくい家系とされている。

500年ほどは、女児が生まれていなかった。

そもそもエルフは人間と比べ、子を生《な》す行為に及んでも子を孕《はら》む確率自体が低い。一度出産を終えると、それなりの長い年月を置かねば次の子が生まれにくいとも言われる。

そんな中で生まれた女児が、セラス・アシュレインなのであった。

▽

「──ですのでセラス様は、陛下やシーリン様にとってはご待望のお子だったのでございますよ」

朗らかに、乳母のクレシュトーがそう言った。

幼いセラスは、彼女の言葉の中にあった単語を復唱する。

「ごたいぼう」

知らない言葉を次々覚えていくのが今のセラスにとっては楽しい。

そんな幼い姫君を和やかに眺めるのが、クレシュトー・リエデン。

セラスの乳母で、素朴な雰囲気と柔らかな物腰を持った女性である。

いくぶん人のよすぎるきらいはあるものの芯はしっかりしている。

また、彼女の役目は乳母にとどまらない。姫の世話役と教育係も兼ねている。

有能な働き者として評判は高い。

それもそのはずで、リエデン家は古来より王家に仕えてきた家である。

王家からの信頼も厚い。

歴代の姫の乳母も、大半はこのリエデンの者が担ってきた。

セラスはすくすくと育っていた。

年月は先日六歳を迎えたばかり。三歳の頃より周りからすでに〝これは！〟と強い期待を寄せられていた美しさは、今まさにその期待を保ったまま、次節へと移り変わろうとしていた。

まだ〝可愛《かわい》らしさ〟が優勢だが、顔立ちにも〝美しさ〟が強く色をつけはじめている。

母親譲りの薄い蜜色の髪。

その髪は最上級の絹の手触りを越えるとも言われる。

そんな比喩は所詮、王族への世辞であろう――そう考えるのが普通の感覚である。

が、実際に触れた者が触れた際の話を王族のいないところで自慢まじりに触れ回ってい
た。なので、あれは世辞ではないのではないか――少なくとも皆、その噂《うわさ》の真意を知りた
いと思い興味津々で触れたがっているのは確かであった。

一点の曇りもないその空色の瞳は、

〝この国で最も澄んだ水で有名なあの湖も、姫さまの瞳の美しさには敵《かな》わない〟

そう評する者もいる。

ハイリングスで最も美しい宝石が何かと問われたら、

〝それはやはり、姫さまの瞳でしょう〟

そんな風に讃《たた》えるのが、貴族たちの間でちょっとした流行になったりもした。

乳白色の肌は未踏の新雪のごとき白さであり、また、剝《む》き身《み》の茹《ゆ》でた卵の表面のように
滑らかだという（国王談）。

何より驚嘆すべきは、姫君の持つその〝端正さ〟であろう。

見る者が〝完全である〟と感じる端正さを、セラス・アシュレインは有していた。

スッと綺麗《きれい》に通った完全に左右対称の鼻。

引っかかりのない美しい曲線を描く小さな頭部。

エルフの特徴であるその尖《とが》った耳も、左右の均衡もさることながら、それなりの時間ただ眺めていられるほどには、形がよい。

そう、他のどの部位を切り取ってもセラスの顔には不均衡と思える点がなかった。

身体《からだ》全体で見ても、生まれた時から大精霊の特別な寵愛《ちょうあい》を一身に受けているからだと人々から囁《ささや》かれるくらいには、奇跡のような端正さを備えている。

そんな姫君を誰もが〝美しい〟と感じるのも、無理からぬことであろう。

しかし——当人はといえば、あまりピンときていなかった。

みんなが自分を見て喜んでくれている。それは理解している。

けれど時々、自分をみんなが見てくれているはずなのに〝自分〟を見てもらえていない
——そんな、奇妙な、ちぐはぐな気分になる。

この人たちの目は一体〝誰〟を見ているのだろう？

時折、セラスはそんな感覚を抱く。

この違和感を誰かに打ち明けてみたい。ぶつけてみたい。

が、大抵の者がセラスに求めるのは〝完璧な姫君〟だった。

セラスも、子どもながらにそれを薄々感じ取っていた。

彼らに変な質問だと思われ、変な顔をされたくない。

あの顔が、セラスは苦手だった。

なのでこういう時は、

「ねえ、ばあや」

「はい、姫さま」

ばあや――クレシュトーに相談する。

ちなみに、彼女のことは〝ばあや〟と呼ぶよう本人から言われている。

年齢や見た目にかかわらずリエデン家は乳母をそう呼ばせる。それが伝統なのだという。

「きれいって、よいことなのですか？」

こういう質問をしてもクレシュトーはあの顔をしない。

あの〝姫さまらしくない〟という顔を。

いつもと同じく朗らかに微笑《ほほえ》み、クレシュトーは柔和に答えた。

「はい、よいことですよ姫さま」

この乳母にだけは包み隠さず疑問をぶつけられる。

だからセラスは、彼女が好きだった。

もう一つ聞いてみる。

「それは、私にとっても？」

クレシュトーは少し考えた。ややあって、

「それは――どうでしょうか。とても難しい質問でございますねぇ」

クレシュトーは、ちょっと困ったみたいな苦笑を浮かべた。

本当にどちらとも言いがたい――そんな表情だった。

〝どちらでもない〟

そして――この時のセラスは、その答えにいささかの安堵《あんど》を覚えた。

むしろ今の自分にとっては、それが最も望んでいた回答だったのかもしれない。

同時に、幼いセラスはしばらく自分の〝美しさ〟についてあまり深く考えないようにしようと思った。

なぜか？

窮屈に、なるから。

色々なものが。


セラスは王城内にある書庫に通うようになっていた。

城下町の方にも図書館はある。が、王城内の書庫の方が蔵書は多い。

特に地下の閉架書庫はとにかく広い。わくわくする。

そこには、かなり古い時代の文献もあった。

城内でも限られた人物しか入ることを許されない閉架書庫。

ここには、外の世界と交流があった頃の書物も収められている。

セラスは王の娘だ。

望めば、いくらでも閉架書庫への入室は許された。

本を読むのは好きだった。

書物の中にはたくさんの知らない世界が広がっている。

読書をしている時、セラスは〝姫君〟ではなくなっていた。

内容が物語の場合、自分はその物語に登場する人物と同化している。

セラスにとっては、この時間が何より夢中になれるものだった。

□

本は平等である。

これは、のちに自分が本を好きになった理由について〝彼〟から指摘を受けて気づいたことだった。

本は読み手を区別しない。

平等な存在としてただそこに〝ある〟もの。

読み手が誰であっても記された内容は同じ。

王であろうと、平民であろうと。

富む者であろうと、貧しき者であろうと。

善き者であろうと、悪《あ》しき者であろうと。

美しき者であろうと、醜悪な者であろうと。

年齢や性別の差異で区別したりしない。

もちろん受け取る側の立場や性別によって受け取り方や感じ方は変わるだろう。

しかし読み手に合わせて本の側が内容を変化させたり、態度を変えたりはしない。

どんな本も書物を開こうとするセラスに〝美しい〟とは決して言わない。

綴《つづ》られた中身を平等に、優しい静謐《せいひつ》をもって無償で与え続けてくれる。

それが、セラス・アシュレインにとっての本だった。

「どこかで無意識に、美しいだ綺麗だっていう周囲の声を雑音だと思ってたんじゃないか？　けど、本と一対一で向き合ってる時間はその雑音が消える——だから、読書にのめり込んだのかもな」

セラスは〝彼〟の言葉に、なるほど、と感心した。

同時にこうも思った。

〝自分は美しい〟実感がなかったのではなく――実感など欲しくなかったのかもしれない、と。

▽

読書に熱を上げる幼き姫であったが、書庫に籠もりきりということもなかった。
王族としての作法を覚えたり、舞踏を学んだり、剣術を学んだりした。
剣術は、いざという時に己の身を守るすべを身につけておく意味もある。
が――剣術を学ぶことは、王家の者にとってそれよりも重要な意味を持つ。
これは、アシュレイン王家が剣を一つの象徴としているためだ。
彼ら王族が修める剣術は実戦的というより、儀礼的な剣舞の要素が強い。
王家に伝わるこの剣術は、主に祝賀や儀礼の際に披露される。
そのためアシュレインの者は、剣術を学ぶことが一つの義務となっていた。
五歳を迎えると剣術を学び始める。これは女子であっても例外ではない。
こうした事情からセラスは剣術を学んでいた。
剣術指南役からは〝実に筋がよろしい〟とよく褒められる。
彼は現国王より長い時を生きており、セラスの父も彼の指南を受けて育った。

噂では、現国王も頭の上がらぬ数少ない人物とも言われているそうだ。

王族への敬意はあるが決して世辞は言わぬ男——乳母からそう聞かされた。

「あの方が言うのですから、姫さまはきっと本当に才能がおありになるのですよ」

剣の才能を褒められたのは、嬉《うれ》しかった。

それに、身体を動かすのも好きだった。

よく汗を掻《か》き、そのあと湯浴《ゆあ》みをするのも好きだ。

けれどもこの頃は、やはり読書の方に多めに気持ちを奪われていたと言わざるをえない。

読書に浸っている時、どこまでも自分の世界が広がっていく感覚がある。

王城とその周辺にしか足を運んだことのない自分が、物語に没入している時は、ずっと遥《はる》か遠くへ行けている感覚になる。もちろん物語の中には、見たことも聞いたこともなく、自身の想像で補うしかない記述も多い。

しかしそれを想像することすらも、セラスは楽しんでいた。


姫としての礼儀作法を学びながら、日々セラスは文武の研鑽《けんさん》に励んでいた。

そんな中、クレシュトーに孫が生まれた。彼女の娘の子だという。

クレシュトーは暇をもらうと決まって孫のところへ足を運んでいた。

目に入れても痛くない。そう言って、リエデン家の誰よりも可愛《かわい》がっているとか。

孫の話をする時、クレシュトーは本当に幸せそうだった。

セラスは孫の話をする時の彼女が好きだった。

幸せそうな彼女を見ていると、セラスも幸せを分けてもらっている気分になれた。

それから、クレシュトーの頼みで今度その孫に会いに行くことになった。

セラスも、彼女の孫と会うのをとても楽しみにしていた。

そんなある日のこと――クレシュトーが書庫にやって来た。

「姫さま、お帰りになられましたよ」

セラスは本を閉じ、それを卓の上に静かに置いた。

彼女の表情は、輝いていた。

クレシュトーの手を引き、胸を躍らせてセラスは城門へと向かった。

馬車の横に立つその姿を認めるなり、小走りで駆け寄る。

ちなみに馬車付近に集まっていた者たちは頬を綻ばせ、駆け寄る姫君のその愛らしい姿にすっかり視線を奪われていた。

「お父様っ――お母様！」

「あぁ、セラス！」

母のシーリンが、愛娘《まなむすめ》を抱きとめるべく腰を落とした。

セラスは、受け入れ態勢の整った母の胸に飛び込む。

「お帰りなさい！」

目もとを緩めた母が、ほんのり上気したセラスの白い頬を撫《な》でた。

「ちゃんといい子にしていた？」

「はい！　そうよね、ばあや!?」

「もちろんでございます、姫さま」

クレシュトーのお墨付きが出ると、

「そうか、偉いぞ。さすがは私の娘だ」

セラスの頭にそう言って手を置いたのは父でありハイエルフの王――オライオ。

「はい、お父様！」

国王夫妻は遠方の地にいる息子たちに会うため、しばらく王都を離れていた。

夫妻はいくつかの領地をひと月かけて回り、今日ようやく戻ってきたのである。

王たちが領地巡りをしている間、政務は宰相を始めとする優秀な家臣たちが取り仕切ってくれている。

ただし、中には王でなければ判断のつかぬものや、王の承認を必要とするものもある。

そういった政務が山積みになっている。

なので王は――家臣たちは軽い休息を勧めたが――このまま政務へと戻ると告げた。

それに、王は大精霊への挨拶にも向かわねばならない。

大精霊への挨拶は政務よりも優先される。

親子三人揃《そろ》って穏やかな時間を過ごすのは、もうしばしのお預けとなった。

けれどセラスはまず父に会えたことが嬉しかったし、王たる父の立場をこの年齢にしてよく理解していた。ぐずったりはしない。

母から身体《からだ》を離し、セラスは姿勢正しくお辞儀をした。

「お父様、お疲れさまです」

優雅さに満ちた品のあるお辞儀。

加えて、耳にする者の心をふわりと撫で、そして清涼な感覚をもたらす声——周りの者たちはまたも、そんな姫君に心を奪われている己に気づいた。

お辞儀を向けられたオライオは申し訳なさそうに苦笑し、

「すまないね、セラス。あとで一緒に過ごす時間は作るから。シーリン、セラスを頼んだよ」

王妃然として、これまた姿勢正しくシーリンが会釈する。

「かしこまりした、国王陛下」

オライオは穏やかな、しかし、王としての泰然とした微笑《ほほえ》みを残し、家臣と騎士たちを連れて城の本殿の方へと消えていった。

「それでは行きましょうか、セラス」

「はいっ」

差し伸べられた手を握り、母を見上げるセラス。

セラスは母が好きだった。

母――シーリン・アシュレイン。

娘へ向ける表情は柔らかい。が、顔立ち自体から受ける印象は逆の場合が多いという。

セラスの母だけあって、非常に整った容姿の持ち主なのは間違いない。

切れ長の目は、どこか見目麗しい狐《きつね》のようでもある。

娘と同じ青い瞳。目の上には、細筆を軽くサッと引いたような綺麗《きれい》な眉。

細面で、顔の造りはシュッとしている。

これまた娘と同じ薄い蜜色の髪も陽光を受けてキラキラと煌《きら》めいている。

彼女から受ける印象は高貴であり、気高いと言える。

しかし一方、者によってはキツめの印象を与えるのも事実であった。セラスの顔立ちが母と比較して厳《いか》めしさが緩和されているのは、父の遺伝によるものであろう。

ただ――実際に共に時間を過ごしてみれば、王妃が温和な物腰の女性であるのがわかる。

この第一印象といささか食い違った彼女の性格。

あるいは、その不均衡さこそが王妃の魅力と言えばそうなのかもしれない。

そしてシーリンは、美しいだけのお飾りの王妃でもなかった。

彼女も王妃として、宮廷の内外で様々な働きをしていた。

中でも、父親と剣術指南役以外の異性――つまり、男をある一定以上セラスに寄せ付けさせぬことにかけては、裏で心血を注いでいたようだ。これには、クレシュトーも結託していた。

ちなみに、そのことはセラスもずっと後になってから気づいた。

もしかするとこの時、母はすでにセラスの持つ魔性に――特に、異性に対して強烈な作用を及ぼす魔性に気づいていたのかもしれない。だとすれば、意識的に異性を遠ざけていたのは愛する娘を守るためだった――そうも解釈できる。

そんな母の裏の努力など知らぬ幼いセラスは、母に手を引かれ、よく手入れされた花壇の横を歩いていた。その背後にはクレシュトーが付き従っている。

「お母様に会えて私、とても嬉しい」

「ええ、私もよ。あぁ……本当に可愛らしい子。この子といるとまるで、心が洗われるかのよう……」

「心が、洗われるのですか？」

「そうよ？　清流のようなあなたが、母の心に溜《た》まった不純物を洗い流してくれるのです」

「よいことですか？」

シーリンが目もとを緩め、セラスの頭を撫でた。

「もちろん、とてもよいことよ」

セラスは満面の笑みを浮かべた。

「また、嬉しいですっ」

セラスはこの移動中、ほとんど母の方を見上げていた。

「ちゃんと前を見ていないと危ないわよ、セラス」

窘《たしな》める母――しかしその声は、とても嬉しそうだった。

母が笑ってくれると自分も嬉しい。

母のためにも、もっと何かしてあげたい。

父のためにも。もちろん、ばあやのためにも。

自分にできること。それを、もっと探したい。

セラスは強く、そう思う。


父と母が戻って以降、セラスが両親と過ごす時間は格段に増えた。

両親が王都に戻ったその日には母と一緒に湯浴みをした。

澄んだ湯に一緒に浸《つ》かりながら、母は遠い地に暮らす兄たちの話をしてくれた。

セラスは、まだ兄たちの誰とも顔を合わせたことがなかった。

「私もいつか、お兄様たちに会ってみたいです」

「あなたが十歳になって大精霊様との契約を終えたら、一緒に行きましょうね」

王家の者が王都から出るには、大精霊との契約を済ませねばならない。

大精霊との契約は十歳になってからと決まっている。契約は、生誕日に行われる。

「あなたの兄たちも妹に会いたがっていたわよ？　あなたの話も人づてに聞いていて、評判はよく知っているのですって。中には目を丸くして『妹は、お母様よりも美しいのですか!?』なんて言う子もいたのよ？　本人が目の前にいるのに、失礼なことよね」

母が「ねぇ？」と同意を求める苦笑を浮かべる。

「まあ、私があんまりにもセラスを延々と褒めるものだから、まだ見ぬ妹への興味がすっかり膨らんでしまったのでしょうね」

「私のことを、褒めてくれたのですか」

母は横に座るセラスの肩に手をゆっくり回し、愛《いと》おしそうに抱き寄せた。

目を閉じた母が、その頰をセラスのこめかみの辺りにくっつける。

「もちろんよ。自慢の娘ですもの」

形がよくて大きな母の胸。

セラスはその柔らかさに懐かしさを感じながら、ほっこりと表情を綻ばせる。

「お母様——好き」

「私もよ、セラス」

セラスは褒められ慣れている。

この王都ではたくさんの者が自分を褒めてくれる。

けれど父や母に褒めてもらうのは、特別なことだった。

セラスは色々な話をした。母は相づちを打ちながら、にこやかに話を聞いてくれた。

しかし久しぶりの再会が嬉《うれ》しくて熱が入りすぎたためか、セラスはのぼせかけてしまった。母は慌てて、

「まあ、いけない！　ばあや、すぐに出るから準備をお願い！」

薄い戸を挟んだ浴場の外から「かしこまりましたっ」とクレシュトーの返事。

セラスは母に支えられながら浴場を出た。

脱衣場へ出ると、セラスはクレシュトーに預けられた。

クレシュトーが質問をしながらセラスの状態を観察する。

母はセラスの心配をしながら、お付きの侍女に身体を拭かれていた。

「ふぅ……大事はないようでございますね。ふふ……久々のシーリン様とご一緒の湯浴《ゆあ》みで、少々興奮してしまったのでしょう」

母が、ほぅ、と胸を撫で下ろす。
「それでは姫さま、身体をお拭きいたします」
付着した水滴をクレシュトーに拭いてもらいながら、セラスは思い出していた。
先ほど楽しそうにセラスの話を聞いてくれていた母の笑み。
笑ってくれているお母様が、一番好き。
お父様も。クレシュトーも。
悲しむ姿なんて、見たくない。
いや、両親や乳母だけではない。
自分によくしてくれる人たち——みんなに、笑っていて欲しい。
みんなに。

夜は、親子三人で同じ寝具で眠りについた。
父と母に挟まれて眠れるのはとても幸せだった。
幸せなのは三人で取る朝食も同じ。そこにはクレシュトーもいる。
他にも優しい侍女たちがいてくれて、頼りになる騎士たちもいる。
ある日にはがんばって練習した剣術を披露したり、本で得た知識を語ったりした。

父も母も、セラスの成長を喜んでくれた。

セラス・アシュレインは――幸せだった。

大神殿――王城の背後に広がる森の中に、それは建っている。

このハイリングスを守護する大精霊の住まう場所である。

大精霊は〝霊主様〟とも呼ばれる。

神殿に仰々しさや華美な装飾はない。古色《こしょく》蒼然《そうぜん》とした悠久の刻《とき》を思わせる佇《たたず》まいをしている。外から見える柱には蔦《つた》が絡まり、所々、花が顔を出していた。

親子三人が王族用の屋形馬車から降り立つ。

彼らを守る近衛《このえ》騎士たちに護衛され、三人は神殿の入り口まで歩いて行く。

神殿の前には他に常駐の神殿騎士が置かれている。

しかし厳重な警備と呼べるほどでもない。

大精霊が物々しい警備を拒否しているためだ。

実際、大精霊はこの国に住まうエルフが害せる存在ではない。

大精霊は精霊の中でも超越的な存在に等しい。

別名〝万精の霊主〟と呼ばれるほど、大精霊は精霊の中でも特別な存在とされる。

国王夫妻は、勝手知ったる足取りで硬い床の上を歩いていた。

床は古びて見える。が、同時に磨き抜かれてもいた。

とても古いのに新しく見える――セラスには、不思議な感覚だった。

また、神殿内にも草花が侵蝕《しんしょく》していた。

ほったらかしにしているというより、神殿内で共生している感じである。

歩きながらオライオが、

「霊主様に失礼のないようにね、セラス」

「は――はい、お父様」

セラスは少し、神殿内の厳かな空気に呑《の》まれていた。

その竦《すく》んだ小さな肩にシーリンが手を置く。

「大丈夫。霊主様は怖い方ではないから。そこまで緊張しなくていいのよ」

「は、はい」

両脇に柱の立ち並ぶ空間――あまりに広いので、セラスはそこが廊下だとは思わなかった――を抜け、親子三人は巨大な両開きの扉の前に立った。

扉は一面が硝子《ガラス》のような素材でできていた。ただ、曇っていて部屋の中が見えない。

「霊主様、お待たせいたしました」

不意に、硝子の曇りが晴れた。今度は打って変わって曇り一つない透明度になる。

扉の先には薄ら暗い空間が広がっていた。

と、空間のそこかしこに光が灯《とも》っていく。

光の精霊だ、とセラスは気づいた。

霊素の海に漂う存在——精霊。

精霊は、霊素を通して様々なものへ干渉できる。

得意な干渉対象は精霊によって違う。多くの精霊はその得意な——自らの性質と合致した干渉対象に合わせて成長していく。

それは火であったり水であったり、風であったり——光であったりする。

そしてエルフも精霊と同じく霊素に感応、及び干渉する力を持つ。

これにより、霊素を通して精霊との意思の疎通や契約を行える。

これはエルフにのみ確認されている特質である。他種族では確認されていない。

また、この世界には霊素の他に魔素と呼ばれる力の源も存在する。

魔素は、たとえば魔術式を用いる際に必要とされる。

エルフはこの魔素にも干渉できる。

が、魔素を練り込める量は少ない種族とされる。

霊素感応の方に〝容量〟を取られているためではないか——以前セラスが読んだ文献には学者のそのような考察が記されていた。

さて——蛍めいた浮遊する光によって明るくなったこの空間。
改めて見上げると、空間の天井がとても高いのがわかった。
壁面には様々な古代文字が刻まれている。
古代文字はセラスも読書の一環で勉強していた。中には読み取れる文字もある。
蔓《つる》や花が彩るように古ぼけた壁を這《は》っている。
それによって壁の古代文字が所々隠れてしまい、読めなくなっていた。
部屋の奥には背の低い巨大な祭壇。
祭壇は楕円《だえん》形。まるで、盛大な宴《うたげ》の際に設置させる大卓みたいだった。
その祭壇の背後の壁面には、紋様の彫刻が施されている。

そして——薄い橙色《だいだいいろ》の半透明の女が、祭壇の上に浮かんでいた。

どこか、澄んだ早朝の空の下で燃える淡い炎を思わせる。
耳が長い。
そう——浮遊する〝彼女〟は、エルフの姿形をしていた。
半透明な身体《からだ》の向こうには背後の壁が見える。
背丈は8、9ラータル（メートル）ほど。

（あれが大精霊――霊主様……）
大精霊前に親子三人で横一列に並び、拝跪《はいき》する。
「霊主様の守護と祝福に、今日も変わらぬ感謝を」
オライオが言い、セラスも同じ文言を口にした。シーリンも夫に倣う。
次いで事前に言われていた通り目を閉じ、しばし無言で祈りを捧《ささ》げた。
すると、
〝本日も、我が友たちが健やかなることを……〟
脳内に〝言葉〟が流れ込んできた。
正しく言えば、思念。
精霊は言語を用いない。霊素を通し、思念として意思を伝えてくる。
この流れ込んでくる思念をエルフは〝言語的〟に理解する。
一瞬で多くの意思を理解できるため、発話による言語伝達より速い。
霊素と通じなければこの思念の流れは断てる。
つまり精霊の〝声〟を聞きたくなければ霊素の通り道を自ら閉じればいい。
ただし閉じている間は精霊の力を借りられない。
オライオが立ち上がり、セラスたちもそれに倣う。
ぽやーっとセラスは大精霊を眺めた。

裸体に薄布を纏《まと》った姿。
本で読んだ知識によれば精霊に性別は存在しない。
肉眼で見えるように精霊が形成するその姿形は、精霊それぞれの好みだとか。
だからあの性別――姿形も大精霊の好みなのだろう。
それから、かなり力の強い精霊でなければあそこまでの形は作れないはずだ。
これも、本に書いてあった。
セラスは、初めて目にする大精霊に圧倒されていた。
とてもこの世の存在とは思えない。
セラスは――興奮を覚えた。
まるで、本で読んだ伝承に登場する幻想生物だ。
憧れの存在がそのまま目の前に現れた気分。
目視できる形を取った精霊を目にしたことは過去に何度かある。
しかし、ここまで人型を取った精霊を見たのは初めてだった。
この、見上げるほどの大きさにしても。
「娘のセラス・アシュレインでございます」
オライオが娘を紹介した。
セラスがこうして大精霊と直接会うのは、生まれて初めてである。

感応力が未発達な時分に力の強大な大精霊と出会うと、感応力を司《つかさど》る器官が乱れ、悪い場合には暴走してしまうとされている。

ゆえに、ある程度の感応力が育つまで子どもは大精霊に直接会うのを禁じられていた。

つまりセラスもこの年齢になってようやく直接謁見するに足る感応力が育まれたと判断され、本日お目通りとなったのである。

「さ、セラス……お父様はこれから大精霊様と大事な話し合いがありますからね。今日、あなたはご紹介だけだから。私たちは、今日はこれで帰りますよ」

セラスとシーリンは、オライオを残して部屋を出た。

部屋を出る前、セラスは一度だけ振り向いた。

と、それに気づいた大精霊が手を振ってくれる。

なんだか、少し霊主様の印象が変わった。

嬉《うれ》しくなったセラスは自分も手を振り、微笑《ほほえ》み返した。

◇【シーリン・アシュレイン】◇

ある日の昼過ぎ、アシュレイン親子は三人で城内の庭園へ赴いた。
花の咲き誇る庭内は日々庭師によって丁寧な手入れがされている。
今日も花々は品よく色鮮やかな顔を並べていた。
地面には、羽毛の絨毯《じゅうたん》のような柔らかな下草が生えている。
寝転がったりしてもこの庭は痛くない。それでも、
「こらこらセラス、あまり走ると危ないよ」
にこやかにオライオが注意すると、セラスが立ち止まる。
薄い檸檬《レモン》色に、艶のある蜜を溶かし混ぜたような髪。
ほっそりした白い指でその髪をおさえたセラスが、裾をふわりと揺らして振り返った。
「大丈夫です、お父様！　転んでも下がとても柔らかいもの！」
ちなみにこの庭園内には、地面以外、前後左右どこにも接していない壁がある。
〝王家の花壁〟
蔦が生い茂るその壁一面には、花が咲き誇っている。
年によって増減はあるものの、白い花がおよそ半分を占める。
残りを、青と黄の花が半々といった配分。

アシュレイン王家の紋章に合わせた配色である。

この花壁が、セラスは大のお気に入りだった。

花壁の前まで駆けて行ったセラスが、慈しみと親しみを込めた微笑みを浮かべている。

そしてセラスは、まるで赤子にでも触れるかのような手つきで花をそっと撫《な》でた。

そんな娘の姿に、シーリンはしばらく魅入っていた。

オライオが下草の上に敷物を広げる。シーリンは裾を気遣いながら上品に座り、

「ありがとう、国王陛下」

「どういたしまして、王妃様」

普段なら自ら敷物を広げるなど、王にふさわしい行為ではない。

が、今日この庭園には親子三人しかいない。

親子水入らずの時間を過ごすのが目的だからだ。

なので、今日は王も妻と娘のために自ら敷物を広げる。

「あの花たちもきっと、あんなに美しい姫君に愛《め》でられて喜んでいるだろうね」

「そうね。それに……」

頬に手を添え、ぽやっと娘を眺めるシーリン。

王妃の瑞々《みずみず》しい唇から吐息にも似た感嘆が漏れる。

「本当に、絵になる子」

腰の後ろで手を組み、ちょっと前屈《まえかが》みになって花を愛でているセラス。

一方、父は見守るような優しい目で娘を眺めていた。

「心身共に、すくすくと美しく育っているね。クレシュトーには感謝しないとな」

「私たち王家との付き合いが長いだけあって、ばあやもずいぶん勝手をわかってくれているからね。安心してあの子を任せられるわ」

セラスの兄たちも、クレシュトーが立派に育て上げてくれた。

オライオがシーリンの肩についた花びらを優しく払い、

「我々エルフは寿命が長いからね。このハイリングスに住まうハイエルフは他のエルフより長命と言われている。その長命の中で蓄積される経験の恩恵は大きい。知識にしても、経験にしてもね。才能や資質とは個々人によって違うものだ。これは当然だ。しかしそれゆえに、必ずしも優れた者の子が同じ優秀さを獲得するかといえば――それは違う。どれほど熱心に教育を施そうと、それが目論《もくろ》み通り結実する保証なんてない。でも、長命による一個人への長い蓄積……これにはやはり別の個人――いわゆる次世代への伝授とは、違う強みがある」

けれど、とシーリン。

「外の世界ではついぞ、エルフが覇権を握ることはなかった」

シーリンの瞳に灯ったのはわずかな険の色だった。

忌避している、とも言える目つき。

オライオは昼食の入った籠の包みを開けながら、

「外の世界には我々以外にも長命種がいるからね……それに――」

「ここは、恵まれた世界」

夫の言葉を最後まで聞かず――あるいはあえて打ち切るようにシーリンは言い、傍らに置いた包みを器用に片手でほどいた。

中から白い花輪が姿を現す。彼女は、それに指先で触れた。

正確に言えばそれは花輪ではなかった。

貴重な鉱物を使用した細工物。花も本物ではない。

これは息子たちの領地巡りの中で手に入れたセラスへの土産である。

ちなみにセラスには、まだこの土産のことは内緒にしてあった。

「あの子、今も本が好きみたい。……、――閉架書庫の本も読んでいるって」

「外の世界について書かれた本もかい？」

「多分」

クレシュトーから聞く限り、セラスの読書量は日に日に増えている。

読んでいても不思議はない。

シーリンは少し周りを気にして、

「……外の世界について記された書物は、外の世界から危機が及んだ時のため知識として残しておくべきである……これは、霊主様も同じ考えなのでしょう？」

「そうだね」

オライオはシーリンの表情から何か察したらしい。

彼は、少しだけ眉を八の字にして微笑んだ。

「あの子が外の世界に興味を持つのが心配なのかい？」

「私は、あの子が――」

シーリンは自分の手を花輪の上から、オライオの手の方へ移した。そして力を込めた。

「外の世界と繋《つな》がる日なんて……考えたくもないわ。あの子にはきっと――あまりにも、辛《つら》すぎる世界だから」

今にも不安に押し潰されそうな気分で、シーリンは愛する娘を眺めた。

先ほどオライオの言葉を遮ったのは、きっと彼が〝人間〟の話をしようとしたから。

外の世界――人間。想像すらもしたくない。

直後、ハッとする。

嫌な話題を出してしまったわ、と思った。

と、

「お母様、こっちに来て！」

娘の呼び声で、シーリンは淀《よど》みかけた気持ちを切り替えた。

花輪細工を手にし、裾を手で押さえながら立ち上がる。

「ええ、今行きますよっ」

小走りで娘のもとへ向かう。

花壁の前に立って自分を待つ無垢《むく》な娘――その姿。

愛《いと》おしくて、仕方がない。

我が娘に心を奪われている自分に気づく。

――自分もやはり、あの美しさに魅せられているのだろうか。

あの奇跡の結晶のような、実の娘に……。

嬉しさで顔を綻ばせるセラスに手を引かれ、花壁を見て回る。

その日その日で、好きな花が変わるのだという。

「今日はこのお花とこのお花とあのお花が、とてもよい顔をしています」

シーリンには、他の花との違いが言うほどわからない。が、

「そうね……あと、ふふ……あなただって、あの花たちに負けないくらいのお顔をしているわよ？　ああ、そうそうっ――」

あなたにお土産よ、と花輪細工を渡す。

本物の花輪をここで作ってもよいのだが、花を摘むのをこの子が嫌がるかもしれない。

それゆえの花を模した細工物だった。

セラスは、

「綺麗《きれい》……」

そう言って花輪を手もとで興味深そうに少し弄《いじ》ったあと、

「ありがとうございますお母様っ――嬉しい！」

「ほら……貸して？　私が頭に載せてあげる」

不意に吹いた強い風。

下草に引っかかっていたたくさんの花びらが、勢いよく舞い上がった。

花びらの雪が舞う中、シーリンはセラスの頭に花輪を載せる。

「――――」

花輪を頭に載せた娘の姿。

湧き上がるその愛おしさに、思わずシーリンは身悶《みもだ》えしそうだった。

叶《かな》うならば今すぐにでも宮廷画家を呼び、この光景を永遠に画布の中に収めてしまいたい――そう強烈に思った。

セラスが花輪をそっと左右の手で押さえ、オライオに呼びかける。

「見て、お父様！」

「――あ……ああ。とっても綺麗だよ、セラス」

シーリンは、夫の顔と反応に思わずくすりと笑みをこぼした。

さすがのオライオも、あの美しさにやられてしまったらしい。

当然ね、とシーリンは思った。

私たちの——愛すべき子。

シーリンは膝を折り、セラスを後ろから抱き締める。

「セラス」

「ぁ——はい、お母様」

「あなたが生まれてきてくれて、私は心から嬉《うれ》しい」

「はい」

セラスが、そっと母の腕を振りほどく。次いで娘はくるりと回ると、正面から向き合った。そして母の首に腕を回し、身を預けるようにして、今度は自分から抱き締めてきた。

「私も……お母様の子として生まれてくることができて、とっても嬉しいです」

強く抱き締めたまま、娘の前頭部に顔をくっつける。

最上級の絹糸のような髪の感触。

それだけでもう、夢心地になれる。

どんな薫り高い花よりかぐわしい。

こんな存在が命を持って生きている。

これこそ――奇跡。

「ずっと……私のそばにいてね、セラス」

――もう想像もしたくない。

シーリンはセラスの額に、口づけをした。

――この子が、外の世界に触れる可能性だなんて。

◇【セラス・アシュレイン】◇

幸せとはなんだろう？

〝自分は幸せである〟

それは、どういうことだろう？

誰かが幸せなら、自分は幸せなのだろうか？

誰かが不幸なら、自分は不幸なのだろうか？

幸せとは――なんだろう？

□

セラス・アシュレインは、七の歳《とし》を迎えていた。

まだ子どもと呼べる年齢ではある。

が、一年が経《た》ってその美しさにはさらなる磨きがかかっていた。

このところは姫としての作法もよりサマになってきている。

たとえば儀礼に出席し王族として振る舞う時、最近のセラスは不意に大人びて見えることがあった。そしてこの時の仕草や振る舞いが、また新たなセラスの魅力を人々に発見させ、周囲の者たちの心をまた少しずつ奪ってゆくのであった。

読書欲も変わらず旺盛である。

〝いずれは城内の書物をすべて読み尽くしてしまうのではないか〟

侍女たちなどは冗談まじりにそう言う。

ただ、クレシュトーなどは本気でそう思っている節がある。

この頃は話し方も年不相応に大人びてきた――そんな風にも言われている。

これはもちろん、日頃から王族として大人たちと触れ合う時間が多いのもある。

しかしそれだけではなく、乱読によって語彙が増えたのもあるだろう。

さらには、物語に登場する大人たちの話し方から影響を受けたのも大きい。

さて、そんなセラスが最もこの一年で伸びたのは意外にも知識ではなく、剣術の方であった。剣術指南役もその上達ぶりには、舌を巻いていた。

『その才の成長がどこかでピタリと止まらぬ保証はありません。が、姫君は類いまれな剣才をお持ちかと。失礼ながら――兄たちの、誰よりも』

王は指南役からこれを聞き、冗談まじりに微笑《ほほえ》んだ。

〝あの子がまさか、いずれこの国で一番の剣の使い手にでもなると？〟

こう尋ねた王に、しかし、老指南役は真剣な面持ちで首を縦に振ったそうだ。

当の本人であるセラスはこれを喜んだ。

日に日に魅力を増し、国内に名の轟《とどろ》く王都の美姫《びき》。

セラスには同年代、どころか十歳も上の異性から熱烈な〝お会いしたい〟との声が絶え間なく集まってきていた。

しかし、セラス自身に是非が問われる機会はない。

母シーリンが、熱烈な少年、男たちの声を事前にすべて切って捨てていたためだ。

親族である公爵の叔父などが望めばシーリンも（渋々なこともあったが）一席設けたりはする。しかし、王に近しい程度の――血のつながりのような強い縁もない貴族の子弟程度であれば、迷いなく切って捨てた。

最近などは、剣術指南役に対してすら少し渋い顔をするくらいである。

父であり夫である王だけが、シーリンにとっては唯一の例外であった。

▽

その日、セラスは私室の窓から外を眺めていた。

時刻は朝。晴れていて、空は高い。

もうすぐそこまで冬が近づいているからだろうか。今日は、少し肌寒かった。

早朝などは気温がぐっと下がり、震えを覚えるほどである。

眼下に広がる緑溢《あふ》れる城下町。

この王都では精霊のおかげで、寒くなっても緑が枯れることがない。

平穏さにも変わりはなかった。が、今日の城下は祝祭用の姿になっている。

町全体が飾り付けられている――というか、着飾っているかのよう。

謝霊祭《しゃれいさい》。

大精霊は一年のうち十日ほど眠りにつく期間がある。

この十日間、眠る大精霊に感謝を捧《ささ》げる祝祭が催されるのだ。

人々は大精霊の守護によって日々穏やかな暮らしができている。

しかし大精霊にも休息は必要である。

そこで大精霊はこの十日で一年分の休みを取り、来年の謝霊祭まで力を蓄える。

閉架書庫にあった古い文献によると、この時期に大精霊が休眠するのは絶対なのだそうだ。つまり大精霊が自主的に〝この期間を眠りの日にする〟と決めているのではない。

おおっぴらにされてはいないが、大精霊はこの期間、自動的に活動を休止する。

謝霊祭については、父が以前こんな話をしてくれた。

『霊主様の加護が受けられなくなる時期に、各地から力のあるハイエルフたちを集め王都の守りを強固にする――これが、そもそもの始まりだったそうだ。さて……各地から普段は顔を見せぬ者たちが集まってくる……自然、歓待の空気が広がる。そうして、そこかしこで宴《うたげ》などを催しているうちに規模が膨らんでいった……まあ、杯を掲げる時は霊主様への感謝を誰もが口にするから、霊主様もこの祭事を快く思っておられるようだ。もっとも、ご自身は祝祭が終わってから目覚められるので、祝祭を堪能《たんのう》はできないけれどね』

もちろんこの謝霊祭は、国王と王妃も毎年参加する運びになっている。のだが――

「姫さま、陛下と王妃様は三日後には戻られるそうです」

侍女がセラスの私室にやって来て、そう報告した。

恒例の息子たちの領地巡りをしていた国王夫妻。

天候悪化の影響で、二人は王都へ戻るのが遅れていた。

「霊祭の期間には間に合いそうとのことですが……」

謝霊祭は大抵〝霊祭〟と略されて呼ばれる。

「………」

確認を取る調子で、侍女が心配そうに呼びかける。

「姫さま？」

「あ――すみません……わかりました。ありがとうございます」

七歳になったセラスは、この一年ほどでかなり落ち着きが出てきた。

代わりに快活さは大分なりを潜めた。

その分、ぐっと貞淑な印象を与えるようになった――周囲の者はこう話す。

ただし今のセラスの声に力がないのは、年齢や性格の変化が原因ではない。
「あの……ばあやは、どうですか？」
尋ねると、侍女は視線を逸《そ》らした。
「よくは、ないようです」
「……そう、ですか。ありがとうございます」
侍女が一礼し、辞去する。セラスは窓の硝子《ガラス》に手を添えた。
有力貴族たちの屋敷が集まる一角を眺める。
（ばあや……）
このところ、クレシュトーは体調を崩して屋敷で休んでいた。
彼女の異変。それは、彼女の孫が不治の病にかかった頃から始まっている。
ぼんやりすることが増え、日に日に覇気がなくなっていった。
それが手に取るようにわかった。
彼女らしくない小さな失敗も目に見えて増えていった。
そしてついには、乳母としての役割をこなすのも難しいほど弱ってしまったのである。
今は屋敷で寝たきりだという。
クレシュトーがそうなってしまった原因はわかっている。
あれほど可愛《かわい》がっていた孫なのだ。ああなるのも仕方あるまい。

女の子の孫は初めてだったそうだ。

『差し出がましいようですが――姫さまに、妹と思っていただけるような子になってくれたらと……あら、私ったら本当に差し出がましいことを……』

なんて言って、しかし、クレシュトーは本当にそうなって欲しいという顔をしていた。

とても嬉《うれ》しそうに。

エルフは他種族と比べ、子を宿す確率が低い。

原因は長命のためと言われている。長い活体期《かったいき》のどこが適齢期なのかがわかりにくく、子を生《な》す行為に及んだ時が〝適齢期〟でなければ子を生さない――というのが、一応の通説である。ちなみにこれが他種族とまじわると、さらに子ができにくいとされる。

だから子が生まれると、エルフはとても喜ぶ者が多い。

これは孫でも同じである。特に、クレシュトーにとっては待望の女の子だったのだ。

以前、クレシュトーが口にした言葉。

『――ですのでセラス様は、陛下やシーリン様にとってはご待望のお子だったのでございますよ』

今病に臥《ふ》せっている孫はクレシュトーにとっても〝ごたいぼう〟だった。

セラスも何度か見舞いに足を運んだ。

そして、人が変わったような乳母の姿に強い衝撃を受けた。

痩せ細った外見もさることながら、人格すら変わったように感じられた。

（あのばあやが、あんな風になってしまうなんて……）

胸が苦しかった。

なんとかして救ってあげたい。そう強く思った。

病にかかった孫にもセラスは何度か会っている。

クレシュトーが入れ込むのもわかる。本当に、可愛い子だった。

（まだ生まれて二年にも満たない——なのに、あんな……）

クレシュトーの孫がかかった病の名は、シバナ病。

初期に、身体中《からだじゅう》に痣《あざ》のような楕円《だえん》形の紫の斑紋ができる。

斑紋の形は花の蕾《つぼみ》に似ている。症状が進むと、この斑紋が膨らむ。また、周囲へ紫の脈をのばしていく。そう——人体から養分を吸い上げる根を張るみたいに。

病人は徐々に痩せていく。

痩せるのに反比例して斑紋は膨らみ、さらに気味の悪い水気を含む。

最後は全身に、その紫のブヨブヨがまだらに広がる。

やがて膨らんだ箇所から、ブヨブヨした気色悪い紫の花が一斉に咲く。

そして花が咲き始めたなら、半日後には死に至る。

罹患《りかん》した者は大抵、精神の方が先におかしくなっていく。

斑紋は切除できない――否、切除に意味がない。

〝あまりに不憫《ふびん》だから、いっそ死なせてやろう〟

こうして同情からあの世へ送ってやろうとしても、この病は宿主を修復する。

たとえ死へ誘《いざな》う毒薬を盛られても、宿主を生かそうとする。

大抵は死にきれず、激しい痛みや苦しみだけを味わい余計苦しむこととなる。

シバナ病は、全身に花が咲いて死ぬまでは熱病のような症状が出る。

ただ、苦しみはするが痛みはないという。

自らの身体が日々変貌し、痩せ衰え――そして、ひたすら命を吸われた果ての最後の死さえ受け入れるなら、激痛はない。

が、日に日に全身がそうなっていくのに心が耐えられる者など、そう多くはない。

それは親しい周囲の者たちにも言える。

死へ至る過程――そして、死を迎える日の姿。

愛すべき者を看取《みと》るのにも、この病が見せつける死に様は残酷すぎる。

時に、病にかかった者以上に親しい者の心を蝕《むしば》んでいく病。

残酷なのは、愛が深ければ深いほど精神も深く蝕まれることだろう。

あの気丈なクレシュトーでさえ例外ではなかった。

むしろ彼女は、罹患した孫以上に憔悴《しょうすい》していた。

孫の病気さえ治れば元気になるはず。
しかしシバナ病は不治の病。
大精霊でも治せない——そもそも大精霊は、別に万能の存在でもない。
この病に限らず、病を治したりもできない。
シバナ病は、かかる原因もいまだ特定されていない病だ。
かかれば終わりの死病。治す手段はない。
そう言われているが、
（——違う）
セラスは知っていた。
閉架書庫のずっと奥——王族だけが入室を許される非公開の書庫。
セラスだけは、ここへ入ることを許されていた。彼女は識《し》っている。
シバナ病には治療法があることを。
しかし治療は現実的に不可能である。
どういうことか？
窓から見えるリエデン家の屋敷。セラスはそこをジッと眺め、ぽつりと呟《つぶや》いた。
「……禁忌の谷」
王都の東——そこに、禁忌の谷と呼ばれる峡谷がある。

踏み入るのを禁じられた地。そこは、絶対に踏み入ってはならない。

ハイリングスの子どもたちは幼少時から厳しくそう言い含められる。

とても不吉な地なのだとか。

さらには凶悪な古代の魔法生物が徘徊《はいかい》しており、とても危険だという。

そこに踏み入った者は厳しく罰せられる。

具体的な内容は明かされていないが、恐ろしい罰がくだるらしい。

あえて内容を明示しないのは怖がらせるためだろう――そうも言われている。

その禁忌の谷に、殺し枯花《ころかればな》と呼ばれる花が自生しているのだという。一年中、咲いているのだとか。

この花こそ、シバナ病を治す唯一の手段。

しかし、禁忌の谷に踏み入るのはこの国の決まりで許されていない。

大精霊が厳しく禁じているためだ。

踏み入るのを禁じている理由は公にされていない。

が、ハイリングスの民にとって大精霊の定めた掟《おきて》は絶対に等しい。

これは王族とて例外ではない。

皆、大精霊の意思に背くことを恐れている。この国ではそれが普通なのだ。

だから協力者など……得られるはずがない。

いや――あるいはクレシュトーなら、掟に反してでも向かおうとするかもしれない。
だが、今の憔悴し切った彼女では歩くこともままなるまい。
そしてシバナ病は日々、刻一刻と進行している……。
死の花の咲く日――つまり、死を迎える日はまちまち。
いつ咲くか、わからない。
もし行くのなら――急がねば、ならない。

□

〝悲しむ姿なんて、見たくない〟
〝自分によくしてくれる人たち――みんなに、笑っていて欲しい〟
〝みんなに〟

▽

まだ昼までは少し遠い時刻――王城内。
準備を終えたセラスは外套《がいとう》を羽織り、頭巾を被《かぶ》って秘密の通路から王都を出た。

ちなみにこの通路は、本来は緊急時に王都から離れるためのものである。

背負っている長めの鞘《さや》には、刃引きをしていない剣が納まっている。

長さはあるが、重さはそれほどではない。自分でも扱える。

侍女にはこう言い残してきた。

『お父様もお母様もいませんし、今日は一日書庫に籠もることにしました。早めの昼食だけいただいていきます。あと、夕刻まで決して私の読書の邪魔はしないよう、他の者にも話しておいていただけるでしょうか？』

乗馬は習っているから、人の手を借りれば乗れる。が、一人では難しい。

幸い、禁忌の谷自体はそう遠くない。半日も歩けば行ける距離にある。

ただ、途中で一度寄るところがあった。

道中、横道に逸れて森へ踏み入る。

ここも――禁忌領域。

禁霊封地《きんれいほうち》。

過去、大精霊に刃向かった精霊が封印されている――そう言われている。

ハイリングスでは大精霊から認められた精霊としか契約できない。

国のすべての精霊が大精霊の管理下にあることにより、平和が保たれている。

こう言われている。

つまりこの地に封じられているのは、大精霊により正規の精霊から外された——

いわば、外れ精霊。

それらの精霊は〝はぐれ精霊〟とも呼ばれたりする。
森を進むと開けた場所があり、そこに巨大な墓を思わせる建物が現れる。
ここには管理人のような役割を持つ兵が交代制で常駐している。
これはセラスも事前に知っていた。
ただ——熱心な警備はされていない。
誰も入ろうとする者などいない領域である。
つまり、侵入者などいるはずもない建物。そこの警備を何年もするのだ。
警備に身が入らなくなるのを責めるのも酷であろう。
しかし、おかげで潜り込むのは容易だった。
セラスは裏手に回って柵をよじ登り、こっそり建物の中へ侵入した。
建物の中はやはり手入れなどされておらず、カビ臭かった。
止まった時間が古びていき、そのまま堆積したようなニオイ——そんな感じ。
ただ、古文書が好きなセラスにとっては決して嫌いなニオイではなかった。

柱や壁に苔《こけ》がへばりついている。管理の行き届いた綺麗《きれい》な大神殿とは雲泥の差だ。

空気中に粉が舞っていた。明かり取りの窓（というより穴）から差し込む白い光に反射し、きらきら輝いている。とはいえ、差し込む光自体は微々たる量。

視界は確保できるものの、建物内はどんよりと薄暗く感じられた。

周りにはどこか石碑を思わせる石棺が雑多に置かれている。

急いで乱雑に放り込まれたみたいだ――セラスはそう思った。

懐から紙片を取り出す。

それを指先で持ち、セラスは石棺に彫られた古代文字に目を通していく。

シバナ病について記された非公開書庫にあった古い文献。

紙片にはその一部を写し取ってあった。

文献の中には、小さな物語が添えられていた。

シバナ病を治すため■■峡谷へ行き（■■部分は文字が読めなかった）、■■峡谷の凶悪な魔法生物たちを潜《くぐ》り抜け、どうにか殺し枯花を持ち帰った女エルフ。そしてその殺し枯花のおかげで、シバナ病にかかった彼女の母親は助かった――そんな物語。

物語の最後には、こんな注釈が添えてあった。

『※これは実際にあった出来事を、物語風に記したものである』

つまり、実際にあったことなのだ。

なら、殺し枯花で本当に治る可能性はある。

物語の中の女は、とある精霊たちの力を借りて[redacted]峡谷に蔓延《はびこ》る危険を乗り切っていた。

また、セラスは非公開書庫で禁忌の精霊名についても知識を得ていた。

〝グゼア〟

〝バンガー〟

〝ゼーガ〟

それらの響きを持つ精霊の力を借りて、女は峡谷の魔法生物たちに殺されず生きて帰れることができたというのだ。

セラスは、ある一文が気になっていた。

〝殺されず生きて帰ることができた〟

文言通りなら、魔法生物たちはその女によって駆逐されたわけではない。

まだいる、ということだ。

「あ――」

ある石棺に記された文字が、セラスの目にとまった。

〝シルフィグゼア〟

グゼアの響きを持つ精霊。

他にも探してみると、記してあった〝響き〟に該当する精霊が見つかった。

〝フェリルバンガー〟

〝ウィルオゼーガ〟

「この精霊たち、ですね……」

他に、この響きが記された精霊はいなかった。

セラスはシルフィグゼアの石棺に触れ、ごくり、と唾をのむ。

両手で——石棺を、開く。

蓋がずれ、中がわずかに覗《のぞ》いた瞬間——

石棺の蓋が吹き飛び、旋風が巻き起こった。

セラスの頭巾が風で宙に舞う。長い髪が風に巻き上げられ、激しく煽《あお》られた。

見ると——半透明の人型が、宙に浮かんでいた。

自分より少し大きいくらい。大精霊よりは明らかに小さい。

また、頭部だけがない。

しかし確かに半透明な薄緑色のそれは、精霊だった。

〝封印を解いた。なんの理由が——動機が？〟

思念が流れ込んでくる。セラスは精霊に意思を送った。

驚くほど——不思議と落ち着いている自分に気づく。

相手は恐ろしい精霊かもしれない。その危惧がなかったわけではない。

ただ――まったく怖くなかった。

セラスが事情を伝えると、

〝ならば、他の響きを持つ者も起こすがよかろう〟

「そ、そうですね」

〝私が、風精霊〟

精霊が指先を石棺へ向ける。

〝あちらが氷で、あっちが光だ〟

「わかり、ました」

セラスはつい発話になっている自分に気づかず、そそくさと他の二つの石棺の蓋を開いた。

すると、うち一つが勢いよく冷気を放出した。

石棺内から噴き上がった冷気で、空気中の石粉が凍って輝きを放っている。

もう一つからは、光が迸《ほとばし》った。思わず目を閉じるほどの光量。

ほどなくして目を開くと、色違いの精霊が二人並んで浮かんでいた。

氷の精霊はまるで物語に出てくる狼《おおかみ》の亜人のようだった。ただ、肝心の頭部はないが。

光の精霊は女の身体《からだ》であるのがわかった。こちらもやはり、頭部がない。

〝把握した〟

〝把握〟

氷、光と続けて思念が届いた。

風精霊が思念を用いて、一瞬でセラスの事情を伝えてくれたらしかった。

〝力を貸すのはかまわない。ただし――契約には対価が必要だ〟

これに、氷と光の精霊も同様の思念を送ってきた。

「対、価……」

一瞬じわりとした不安が胸に広がりかける。

しかしすぐにクレシュトーの憔悴《しょうすい》した顔を思い浮かべ、意を決する。

「私は何を――何を、差し出せばよいのですか？」

寂しげな風の吹きすさぶ谷。

肌寒い季節にはより一層、うら寂しさを覚える。

白い息。それが、乾いた空気に溶ける。

「ここが――禁忌の、谷……」

セラスは禁忌の谷に到着していた。

長縄の張り巡らされた入り口を潜ると、その先には術式刻印が施されていた。

侵入者を防ぐものだ。
ここは近づくことさえ許されていないためか、管理人のような者の姿はない。
術式刻印による封印で十分。そう考えられているようだ。
セラスも事前に術式刻印の解除について準備はしてきた。
が、こちらは精霊があっさり解除してくれた。
〝時間が惜しいのであろう？　私がやった方が、早い〟
風精霊――シルフィグゼアが言った。
今、三体のはぐれ精霊はセラスの中に宿っている。
通常、精霊はその一部を契約者に宿して力を貸す。
本体と分身がおり、通常、エルフは分身の方を己《おの》が身に宿す。
つまり、精霊は遍在する。
が、まるごと一体契約者に宿す場合もある。こちらは一時的な共存と言ってもよい。
この場合、精霊は移動などの自由を失う。
しかしその代わり、通常の遍在よりも強大な力を契約者に与えられる。
三精霊はセラスに問うた。
セラスは、本体を宿す方を選んだ。
これから向かう場所にどんな危険があるかわからないのだ。

強大な力を宿しておかねば、殺《ころ》し枯花《かればな》に辿《たど》り着けぬ可能性だってある。

けれど本体を宿す――しかも三体――ならば、契約対価も相応のものを差し出さねばならない。はぐれ精霊たちは、こう要求した。

〝そなたの持つ三大欲求……うち、一つ〟

生物の根源的な欲求は三つ。

食欲、睡眠欲、性欲。

性欲は除外された。精霊が対価として得るほどの性欲を、今のセラスが持たぬためとのこと。むしろ〝それは、微塵《みじん》もない〟とすら言われてしまった。

それから精霊たちの短い協議があり、対価は睡眠欲と決まった。

精霊の力を借りた場合、精霊たちが〝対価を払い終えた〟と判断するまで契約者は深い睡眠を取れない。

ただし、払い終えれば深い眠りを再び取ることができる。

もちろん彼ら精霊の力を借りなければ、日々の睡眠は問題なく取れる。

無茶をした場合でも、せいぜい半日～二日ほど眠れなくなる程度だという。

それに、あくまで深い眠りが取れないだけだ。

覚醒と非覚醒の状態を行き来するようなごく浅い眠りなら一応取れる。

セラスはこれを、二つ返事で受け入れた。

欲求を対価とする精霊など聞いたことがない。あの物語にも書いていなかった。

が、選択肢はない。

殺し枯花を生きて持ち帰る確率を上げるためには、契約するしかなかった。

そうして今、三体のはぐれ精霊をその内に宿したセラス・アシュレインは、硬い地面を踏みしめ、荒涼とした谷を進んでいた。

強い風が、外套《がいとう》をはためかせる。

（……待っていてください、クレシュトー）

その時だった。

「！」

複数の足音が近づいてくるのがわかった。そして、足音の主たちはすぐに姿を現した。

水晶らしい物質で構成された狼——おそらくあれが、谷に生息する魔法生物。

セラスは素早く視線を移動させ、数える。

十二匹。

足音が聞こえた時点ですでに抜き放っていた剣を、構え直す。

ちなみにセラスの今の体格や背丈では、この長剣はまともに抜けない。

そのため抜く際に一動作使い、背の革帯から鞘《さや》を外してから剣を抜き放った。

先頭の一匹がセラスに飛びかかってきた。

後の先を取る感覚で、踏み込む。
〝攻撃を軽くしないためには、体重を攻撃に乗せる体捌《たいさば》きを獲得せねばなりません〟
剣術指南役の言葉。
刃が、狼の身体に沈む感覚――そのまま、一閃《いっせん》。
魔法生物が、斜めに真っ二つになった。
体表が硬く剣が弾《はじ》かれた場合を想定し、セラスは構え直した体勢になっていた。
二つに断裂し、動かなくなった魔法生物を見下ろす。
刃が、通る。
な、ならばいける。
即座に構えを、受けの防御姿勢から元の攻撃姿勢へ戻す。
セラスの攻撃を見て他の魔法生物――狼たちが、陣形を取り始めた。
見た目は子どもだが簡単な敵ではない。そう判断したのだろう。
精霊の力は、まだ借りない。
この先何があるかわからない。温存すべきだ。
動きを仲間たちと呼応させ、狼たちが迫る。
と、二匹の狼がほぼ同時に左右から飛びかかってきた。
セラスはまず右側から来た狼に突撃する。

噛《か》みつきを避け、刃を狼の脳天に突き刺した。
これが、しっかりと致命傷となることを——確認。
刃を引き抜きながら、そのまま脇から迫る別の狼の喉もと目がけ斬り払う。
左手側の狼の喉がスパッと裂けた。狼は勢いを失い、そのまま横転する。
急所は通常の生物と同じ。今の攻撃で、それが確認できた。
（これなら……）
やや遅れて駆け迫る狼たちの方を向き、再び両手で剣を構える。
ドキドキと激しく拍動する心臓。
呼吸は短く、荒い。
実戦……実戦、なのだ。
命のやり取り。奪い合い。
命を救うため、命を奪う。
相手は魔法生物。が、何かを〝奪う〟感覚が確かにあった。
呼吸の間隔が、短い。
寒さのせいか、汗は出ない。
薄手の手袋に包まれた両手の五本指で——剣の柄《つか》を強く、握り直す。
クレ、シ、ュ、ト、ー。

刃を素早く後方へ引く。

確《かく》と対象を目で捉える。

振り下ろした刃が——飛びかかってきた狼を容赦なく、切り裂く。


セラスは、無骨な岩肌の上を歩いていた。

その背後には、最初に遭遇した狼たちとはまた違う姿をした魔法生物たちの残骸が散らばっている。

歩き続けて、どれくらい経《た》っただろうか？

(今頃は、私が書庫から出てこないと侍女に心配されている頃かもしれませんね……)

心の中で、すみませんと侍女に謝罪する。

ここに来るまでに、たくさんの魔法生物がセラスの前に立ち塞がった。

すべて、剣一つで斬り伏せてきた。

精霊たちの力にはまだ頼っていない。

本で読んだ通り彼らはおしゃべりではなかった。

精霊は基本的に、普段は存在感を消している。

己の内に宿した精霊は大抵、エルフ側から呼びかけねば応えない。

ふと、立ち止まる。古い文献から書き写した情報が記された紙片を取り出し、

「あれはまさか――蛇の、大木……？」

道の先に、巨大な木があった。

曲がりくねった太い枝。それがまるで、無数の蛇が絡まり合ったような形になっている。

葉はつけていない。が、枯れ木の侘《わび》しさはない。むしろ奇妙な威厳が漂っている。

「本当に、あった……」

木から北東の方角を見やる。

あの本の描写通りならば――近づいている。

殺し枯花が咲いているはずの場所に。

蛇の大木から北東へしばらく進むと、小さな川を見つけた。

水は透き通っている。飲んでみようかとも思ったが、やめておいた。

セラスは小休止し、水筒から水を飲んだ。

ここは禁忌の地。何が危険かはわからない。

あの水を飲むのは、この水がなくなってからでいい。

先へ進む。

ふと、空気が急に暖かくなった。そう、まるで春の暖かさのような――

（ここだ）

荒涼とした谷に、草花が生い茂っている。
ここだけ空間的に他と何かが違うのか。
精霊たちから微細な緊張と、不思議がる感情が伝わってきた。
しかしセラスは、物語で読んでいたのと同じ場所だったからだろうか？
初めて目にする奇妙な空間なのに、不思議とあまり驚きはなかった。
その空間に踏み入る。
独特の形をした石碑が、斜めに地面に突き刺さっていた。
長い時間が経っているせいか一部が不格好に削れている。
これは――物語の記述にはなかった。古代文字が記されている。
〝獄■オディソ■ゼ■〟
一部が削れていて読めない。文脈からして何かの名前だろうか？
いや――これに時間を取られている場合ではない。
セラスはすぐに切り替え、目的のものを求めて辺りを探し始めた。
やがて、
（……あったッ）
本のページを破くのは、本好きのセラスの中では禁止事項に近い。
しかしこればかりは間違えるわけにはいかなかった。元の本も大きいのでかさばる。

なので心から申し訳なく思いつつ、拝借してきた。
手もとの絵と目の前の花を何度も見比べる。
白い茎に、白い花びら。
花びらの先端から伸びる細長い突起。
突起が、風に遊ばれる糸のようにゆらゆら揺れている。
間違いない——殺し枯花。
この花びらと突起を磨《す》り潰し、水にまぜて患者に飲ませる。
それでクレシュトーの孫——あの子は治るはず。
花を何本か摘む。そして布で丁寧に包み、背負い袋に入れた。
まだまだたくさん咲いている。が、このくらいあれば十分だろう。
目的のものは入手した。もたもたしている暇はない。
シバナ病の花がいつ咲くかはわからないのだ。
セラスはすぐさま、来た道を引き返した。

あの空間へ至る道の途中に、人の顔のような石の彫刻が並んだ場所がある。
頭部がいくつも転がっているみたいな気味の悪い光景。

彫刻の大きさは城にある鐘楼の鐘くらいか。
来る時もここを通った。不気味な場所だと思った。
また、彫刻の頭部はエルフではなかった。耳が長くない。
あれはまさか人間の彫刻なのだろうか——しかし、ならばなぜこんなところに？
外の世界の種族の彫刻。あの奇妙な空間に、谷に蔓延《はびこ》る魔法生物たち。
禁忌の谷。
ここは一体、なんなのだろう？
「——」

そんなセラスの背後で——彫刻の頭部が数個、弾け跳んだ。

突如として現れたのは、魔法生物。
音のした方角の地面に穴が空いている。地中にいたらしい。
（行く時は何もなかったのに……、——いえ、切り替えなくてはっ）
観察する。やはり、あの魔法生物も攻撃的な雰囲気を放っている。
人型。頭部は、人の頭部を五つ縦に重ねた形をしていた。
ももが太い。力強い脈が浮いている。

巨体で、4ラータルはある。

背後斜め後ろからの気配を察した瞬間、すでにセラスは反転し構えを取っていた。

反転しながら背中の剣も抜いていた。近くに鞘《さや》が落ちている。

最速の反応はできた。だから敵の奇襲にはなっていない。

そのおかげか、思ったより自分は慌てていない。が、

（……強い）

これまで戦ってきた魔法生物と気配が違う。

ならば、今こそ――

「………」

己《おの》が内なる精霊へ、呼びかける。

（我がセラス・アシュレインが望むは精式なる霊装……我が安眠を対価とし、契約をもってそなたたちに捧《ささ》ぐ――）

心中にて、精霊たちの名を契約順に紡ぐ。

（シルフィグゼア、フェリルバンガー、ウィルオゼーガ……ッ）

三色の線光が何重にもセラスを包み込んだ。

薄緑、氷色、白色の線光。

光が止《や》む。

すると、装具を身に纏《まと》ったセラスがそこに立っている。
それらの装具は精霊の力により顕現したものである。
――ピキッ、ミシッ――
セラスの構える剣に氷脈が張っていき、刃からは冷気が漂い始める。
使用者の能力を爆発的に高める三精一体《さんせいいったい》の力。
その名は、精霊たちが伝えてきた。
名は――
「精式、霊装」

――ザッ――

曇天のもと――靴底で、砂を踏みしめる。
セラスの瞳には今、王都の姿が映っていた。
大して長く離れていたわけではない。
なのに、遠くに望むその姿を異様に懐かしく感じた。
今日は一段と気温が下がっている。白い頬を打つ風が、肌を裂くように冷たい。
薄手の手袋の上から、はぁぁああ、と息を吐きかける。

その吐息が、布越しのてのひらにわずかばかりのぬくもりを与えた。

今は、禁忌の谷へ向かった日のその翌日——昼過ぎ。

初めての精式霊装《せいしきれいそう》を用いてあの巨大な魔法生物をくだしたセラスは、次々と現れる他の魔法生物を斬り伏せつつ、禁忌の谷から脱出した。

そこからは、ひたすら王都を目指して歩き続けた。

いずれにせよ対価の関係でしばらくは眠れない。

逆に体力さえもつなら、むしろ眠くならない方が都合がよいくらいである。

疲労感はあった。が、死の花がいつ咲くかわからない。

休んでいて手遅れになっては、なんのために禁忌を犯したのかわからない。

できる限り早く王都へ戻りたかった。

セラスがいないことで、王都は今頃大騒ぎになっているかもしれない。

そしてやはりというか——その予感は的中した。

王都に辿《たど》り着く前に、周辺を捜索していた兵士と出会った。

「姫さま!?　い、一体どこに行かれていたのですか!?」

「お願いします——まずは私を連れて、城へ」

セラスはそう言って、困惑する兵士の駆る馬の後ろに乗せてもらった。

彼女にしては珍しく強い命令の調子だった。

これにやや面食らいながらも事情を尋ねる兵士だったが、

「事情は父と母が戻った時に説明します。あの二人以外には、この件について何も話したくありません」

両親が不在だったのは幸運だったのかもしれない。

また、大精霊が休眠している謝霊祭《しゃれいさい》の時期だったのもやはり大きい。

禁忌を二つも破ったのだ。

王都に戻った途端、両親や大精霊の命《めい》で身動きが取れなくなる可能性はあった。いや、禁忌の谷へ行く前に王都から出られたかも怪しい。

禁忌の谷へ踏み入った事実はおそらく、黙っていれば隠せる。

ただ、はぐれ精霊は宿したまま王都へ戻らねばならない。

が、こちらもどうにか隠せそうだった。

彼らはとりあえず気配を消し、休眠に近い状態に入るという。

大精霊に見つからぬために、とのこと。

せっかく封印が解けたのに休眠状態とは、少し気の毒な気もした。

が、あの封印の棺《ひつぎ》から出られただけでも彼らにとっては十分なのだそうだ。

ともあれ――この国においてセラスを縛る力を持つ二つの要素。

両親と大精霊。

今は、どちらもセラスに関われない状況にある。

姫である自分は、今ならまだある程度自由に動ける。

罰を受けるにしても、クレシュトーの孫の治療が済んでからだ。

セラスはまず城へ向かった。

姫が見つかったことへの安堵《あんど》が爆発したあと、薄汚れたセラスの姿に侍女たちは悲鳴を上げた。

「一体、どこへ行っていらしたのですか!? わ、わたくしたちは姫さまの身に何かあったのかとっ――」

「心配をかけてすみません。個人的に思うところがあり……王都から離れてしばらく……一人に、なりたかったのです」

侍女がハッとし、少し身を引いた。

姫さまは何か、ごく個人的な深い問題を抱えているらしい。

セラスの声音や雰囲気から、侍女たちはそう理解したようだった。

そんな姫の個人的な深い問題に踏み入るのが許されるのは、王や王妃くらいであろう。

セラスは王都を出た理由に関してはそれ以上、何も語ろうとしなかった。

かたくなに沈黙を貫いた。

侍女たちもこれには、陛下と王妃がお戻りにならないとどうにもならない――早々にそう判断した。
あの真面目で利発な姫が突然このような奇行にはしったのだ。
これはどうにも、自分たちには荷が重すぎる。
侍女たちがそう判断するのも無理はない。
まあ、深い事情があったのは確かだったのだが——
「まずは着替えをお願いします」
セラスはそう命じた。
そして急いで着替えを終えたのち、人払いをした。
自室で一人きりになる。
事前に用意しておいた様々な調合器具の中から、適した器具を探す。
背負い袋から包みを取る。中から、殺《ころ》し枯花《かればな》を取り出す。
(待っていて、クレシュトー)
こうしてセラスは、シバナ病の治療薬を完成させた。

セラスは部屋から出た。
侍女たちが部屋の外に集まっているのはわかっていた。

侍女が一人駆け寄ってきて、

「姫さまっ」

「……事情はお父様とお母様にしか話さない、と言いましたが」

「え——は、はいっ」

「もう一人だけ、事情を話してもよい人物がいました。ばあや——クレシュトーにならお話してもいいです。いえ……ばあやにだったら、聞いてもらいたい」

「ですが、クレシュトー様は——」

「ばあやでなければ、何も話しません」

城どころか王都から脱走したのだ。

姫の立場ならある程度の自由がきくとはいえ、昨日の今日である。

滅多なことでは、城外へは出してもらえまい。

だから実際、こうして部屋の外で何人もの侍女が待機している。

見れば騎士や兵士の姿まである。が、

〝何か深いお悩みを抱えていらっしゃるようだ〟

戻ってきた時、セラスはそう思わせるような示唆をしている。

姫の悩みを聞ける人物がいるなら、早めに打ち明けさせた方がいい。

今の姫さまは不安定で心配だ。いつもと比べて何か様子がおかしい。

クレシュトーに悩みを打ち明ければ、安定するかもしれない。

内容をあとでクレシュトーから聞き出せる可能性もある。

セラスのためにも、王都に戻ってくる国王夫妻に事情を説明するためにも、脱走の理由を事前に把握しておいた方がよいのではないか？

周囲の者がこう考えても、そうおかしくはない。

侍女たちに心配や迷惑をかけたのは申し訳なかった。

セラスは心の中で、また彼女たちに謝罪する。でも、

（これならクレシュトーに、薬を届けられる）

薬を侍女に渡せばなんの薬かと詰問されるかもしれない。

没収される危険だってある。だから直接、手渡したかった。

直接手渡すならリエデン家の者であるべきだ。

確実性を取りたい。

死にゆく愛児に奇跡をと願う彼らなら、迷わず薬を受け取り飲ませてくれるはず。

セラスはそうして、侍女や騎士たちに付き添われて城の外へ出た。

馬車が用意されるまでのわずかな時間すら惜しい。

そして――貴族の屋敷が建ち並ぶ区画。

リエデン家の前に王家の屋形馬車が止まる。

リエデンの者たちはほぼ総出で出迎えた。ただ、やはりクレシュトーの姿はない。
最近の彼女は心労が祟《たた》ってか、ずっと寝込んでしまっているという。
クレシュトーの娘であるコクリ。
彼女も顔色が優れない。目の下には濃い隈《くま》があり、泣き腫らした跡もあった。
リエデンの者たちは、セラスを気遣う言葉を次々と投げかけてきた。
戻られて本当によかった――そんな言葉が続々と口にされる。
セラスが脱走した事実を先んじて聞かされているらしい。
姫さまは今、何か深いお悩みを抱えておられる。
それが原因で脱走された――そう伝えられたのだろう。
彼らの態度は、腫れ物に触るかのようだった。
そんなリエデンの者たち全員の表情には、陰がある。
皆、シバナ病にかかったクレシュトーの孫のことでまいっている。
以前来た時と比べて、彼らの顔に落ちる陰はより一層濃くなっていた。
城下町は祝祭でおめでたい雰囲気なのに、この屋敷だけどんよりとしている。
セラスは思った。
やっぱりよかった――禁忌を破ってでも、あの花を取りに行って。
セラスは、すぐさま屋敷内に入れてもらった。

〝あまり大人数でいくとクレシュトーの身体《からだ》にさわるから〟

そう言って、侍女やコクリ以外のリエデンの者たちは廊下の途中で待たせた。

コクリに連れられ、廊下を進む。コクリが疲れ切った声で、

「母もこのところ、すっかり寝たきりで……でも、姫さまがお会いになってくだされば少しは元気になるかもしれません……起きてくれれば、ですが……」

クレシュトーに会う前に、やるべきことがある。

セラスは懐から半透明の白い液体の入った瓶を取り出し、コクリに差し出した。

「コクリさん――これを、リエリに」

ちなみにリエリとは、シバナ病にかかった孫の名である。

「これ、は……?」

「飲ませてあげてください。シバナ病が……治るかもしれません」

「！」

「効果があるという保証まではできません。ですが、私なりに王家に伝わる知識を辿って、必死に調べて手に入れた薬です」

説得力を持たせるため、王家の権威を借りた。

コクリのてのひらに瓶を置き、握らせる。

「ちょっとでも望みがあると思ってもらえるのなら、この薬を試してみて欲しいのです」

コクリの表情が、変わった。わずかだがその目に力が戻っている。

「一つだけお願いが。仮に治っても、この薬の存在はなかったことにしてもらえますか？あくまで自然に治った、と……」

何か事情があるのだ。コクリは、セラスの声の調子からそれを察したようだった。

ごくりと唾を飲み下し、緊張した面持ちで頷《うなず》くコクリ。

「かしこまりました。決してこの薬のことは誰にも明かさぬと誓います。感謝いたします、姫さま」

「まだ、効くと決まったわけでは——」

「一縷《いちる》の望みが、あるのなら」

コクリは瓶をぎゅっと握り込み、三階へ続く階段の方へ踏み出しかけ、そして、思い直したようにセラスの方を振り返った。

「姫さま、すみませんが……わたしはこれで——」

「早く、リエリのところへ」

コクリはまた頷きで応えると、薬瓶を手に小走りで三階へ駆け上がっていった。

ひと息ついたセラスは、そっとクレシュトーの部屋に入る。

クレシュトーは眠っていた。枯れ木のような、肉の削《そ》げた腕が見える。

セラスはその姿に、胸が締め付けられる思いがした。

寝具に寄って、クレシュトーの手を取る。

「……リエリ……リエ、リ……」

かすれた声で、うわごとのように孫の名を口にするクレシュトー。

意識は覚醒していない。

が、眠っていながらも孫のことが気になってたまらないのだろう。

両手でクレシュトーの骨張った手を握り、セラスは言った。

「……大丈夫。きっと、大丈夫ですから……クレシュトー」

薬を渡しクレシュトーを見舞ったあと、セラスはそのまま城へ戻った。

結局、クレシュトーは目を覚まさなかった。

侍女たちは肝心の脱走理由に迫ることができず落胆していた。

本当に彼女たちには気苦労をかけてしまった。

もう何度目かわからないが、セラスは彼女たちに申し訳ないと思った。

ただ、目的の薬を届けることはできた。

あとは、結果を待つのみ。

自分が薬を持ってきた事実はコクリしか知らない。

王都の周辺を歩くセラスを見た者くらいはいるかもしれない。
しかし、禁霊封地《きんれいほうち》や禁忌の谷に行ったことは誰にも知られていないはず。
細心の注意を払ったつもりだ。
そして――セラスが薬を渡した翌日の朝。
朝の着替えをしている時、侍女が部屋を訪ねてきて報告した。
侍女は奇跡でも報告するような顔で、
「リエデンの家の――リ、リエリ・リエデンのシバナ病が……治った、そうです」
リエリの部屋でひと晩中付き添っていた母のコクリ。
日々の疲労が限界に来ていたのもあるのだろう。
寝具に寄りかかったまま、彼女は眠ってしまったのだそうだ。
翌朝ふと目を覚ましたコクリは――我が目を疑った。
娘を蝕《むしば》んでいたあの不気味な黒い斑文が、消えていたのだという。
コクリは、すっかり冴《さ》えた目で娘の全身をくまなく調べた。
ない。なくなっている。
その時、リエリが目を覚ました。
「たーん」
母を呼ぶ時、リエリは笑顔でそう口にする。

ずっと、苦しそうだったのに。こんなにも——嬉《うれ》しそうに。

母を、呼んでいる。

気づけばコクリは、滂沱《ぼうだ》の涙を流していた。

そして、愛する娘を抱き締めた。

その日の朝のリエデン家は、天地がひっくり返ったような騒ぎだったらしい。

それもそのはず。不治の病であるシバナ病が治ったのだ。

誰もが諦めていた病がある日突然、完治したのである。

侍女からその話を聞かされたセラスの中にも、こみ上げるものがあった。

セラスは両手を重ねて胸にあて、目をつぶった。

——よかった。

「それから、クレシュトー様も目覚められて……お孫様が治ったのを知り、涙を流して喜んでおられたそうです」

侍女もこの朗報を喜び、安堵《あんど》しているようだった。

(クレシュトー……)

セラスは胸がいっぱいだった。

禁忌を犯したのは悪いことだ。

しかしあそこで行動に出なければ自分は一生後悔していただろう。

やれることがあったかもしれない――なのに、やらなかった。

クレシュトーはあんなにやつれていたのだ。

あのままリエリが死んでしまえば、彼女だって弱って死んでいたかもしれない。

クレシュトーも、コクリも、リエリも。

見ているのが本当に、辛《つら》かった。

あんな姿――見過ごすことなんて、やっぱりできなかった。

「それで……コクリ様が改めて、クレシュトー様の件でお会いする機会を設けたいとおっしゃっております。クレシュトー様は姫さまが昨日屋敷を訪れたことを知り、姫さまが来られたからリエリに奇跡が起こったのだ――そうおっしゃっているようでして……」

侍女が苦笑し、そう言った。まあ――あながち、間違いでもないのだが。

「コクリ様も『母の言うように、リエリが治ったのはきっと姫さまが来られたおかげだから、お礼も兼ねて自分も改めてお会いしたい』と、そうおっしゃっているようです」

そのセラスへのお礼は、あくまでクレシュトーの思い込みによるものだ。

薬のおかげとは思われていない。

コクリも、その辺りは弁《わきま》えてくれているようだ。

セラスはその日のうちに、リエデン家に足を運んだ。

「姫さま！　リエリが、リエリが――」

「ええ。おめでとうございます、ばあや」
膝をつき、痩せた腕でセラスに抱きつくクレシュトー。
彼女に笑顔が戻っているのが、何より嬉しかった。
リエリもすっかり元気を取り戻している。
あの熱に浮かされているような苦しげな表情は、もうない。
クレシュトーも、コクリも、リエデン家の者たちも。
彼らから陰が消えた。
皆、祝祭にふさわしい顔つきになっている。
満ち足りた表情で、セラスはクレシュトーたちを眺めていた。
よかった——本当に。

□

リエリ・リエデンのシバナ病が治った日から——三日後。
謝霊祭《しゃれいさい》が、終わりを迎えた。
そして、十日間の休眠を終えた大精霊が目を覚ます。
遅れていた国王夫妻の——王都への帰還と共に。

2．追放

その日、王都の寒さは身体の芯に染み入るような気温になっていた。

謝霊祭の最終日に王都へ戻ってきた国王夫妻。

翌日、夫妻は大精霊に呼ばれ大神殿へ赴いた。

それは少々、不思議なことだった。

大精霊が目覚めればオライオは祈りを捧《ささ》げに向かう。

しかし今回は、わざわざ呼びつけられたのである。

城に戻ってきたオライオとシーリンの顔は、青ざめていた。

「お父、様？」

「セラス……おまえは――なんという、ことを……」

オライオは目に哀切を漂わせ、痛みに耐えるような表情をしていた。

もっとひどかったのはシーリンの方で、

「嫌！　嫌です！」

膝を折ってセラスに抱きつき、泣き出し始めた。

「お母、様……？」

「おぉぉセラス、どうしてそのような……事情は聞いているけれど……わかる、けれど……ええ、あなたはとても優しい子——でも、違うのよ。それは違うの。もちろん、私だって辛いと思ったわ……王都の外で何か見つかればと思って、ついでにオライオと解決策を探していたの。見つからなかったけれど……でもね、セラス……」

母のこの言葉で、セラスはもう悟っていた。

気づかれてしまったのだ。自分が、禁忌を犯したことが。

シーリンはセラスの両頬に手を添え、互いの鼻先を突き合わせた。

母の目が真っ赤に腫れている。多分、ここへ来るまでずっと泣いていたのだ。

セラスは、自分の胸の内がキュッと縮まるのを感じた。

「クレシュトーは、乳母なのよ……？　天秤《てんびん》がね……つり合いが……いいえ、わかるの。わかるのよ？　辛かったもの……私だって、あんなばあやを見るのは。でもね……」

オライオが「シーリン」と妻の肩に手を置く。

母の手と同じく——父の手も、わずかに震えていた。父は無念そうに娘を見て、

「城内の書庫だね？」

セラスは泣き出しそうになるのをぐっと堪《こら》えて、こくり、と頷いた。

父と母のこんな姿を見るのが、辛かった。

父と母にこんな顔をさせたのが、申し訳なかった。

想像以上に——禁忌を破った罪は、重いのかもしれない。

与えられる罰。覚悟はしていた。監獄塔に何年も幽閉されるのも、覚悟している。が、両親にここまで辛そうな顔をさせてしまった――セラスには、そのことの方が辛かった。あるいは、激怒された方が気持ちとしてはまだ楽だったかもしれない。

「お父様……お母様、ごめんなさい。本当に……」

「セラス……」

「ですが――見ていられませんでした。リエリが……リエデンの人たちが、コクリさんが――ばあやが、あんな風に悲しんでいるのが……」

セラスは目を瞑《つぶ》り、こぶしを強く握った。

「耐えられなかったのです……私は、あんな……」

「おまえは王家の者で――リエデンの者は、その王家に仕える者たちだ」

正しい回答を再確認するように、オライオが言った。ややあって、

「確認するけど、リエデンの者に請われて禁忌の谷へ行ったわけではないんだね？」

「……………」

「禁忌の谷へ行ったのはわかっている。これは行ったかどうかの言質《げんち》を取るための引っかけじゃない――賢いね、セラスは。でもそこは隠せない。謝霊祭が終わって目覚めたあと、谷に施した封印の異変に霊主様が気づいたんだ。そして封印碑を通し、記憶された映像を見た。すると、禁忌の谷へ入って行くおまえが映っていた……僕たちもそれを見て、確認

している」

オライオの追及するような目は厳しかった。

娘を見るには――静かだが、しかし、あまりにも険しい目つき。

父としての目つきではない。それは、王としてのものだった。

「……私が、自分の意思で行きました。リエデンの者たちは、何も知りませんでした」

「はぐれ精霊のことも霊主様は知っておられる」

父の視線に耐えられなくなって、つい、視線を伏せてしまう。

「……すみません。私が、勝手なことを」

「おまえは二つも禁忌を犯した。絶対に犯してはならぬ禁忌をね」

「……はい」

「王家の者としても失格だ。正しい自覚がない。特に……家臣にあたる身分の者の命を救うために、この国で最も重い禁忌の一つを破るだなんて。つり合いが、まるで取れない」

「オライオ」

しずしずと泣いていたシーリンが、呼びかけた。

「これがこの子なの。尊いの。身分ではなく高潔な意思で動く――動いて、しまう。これが、セラス・アシュレインなの。だからこの子は美しく、そして尊い……王家の者として見れば非合理なのはわかるわ。わかるの。どう考えたって――非合理。非合理よ。あんまりだわ――あんまりよ、こんなのっ」

　再び、シーリンがきつくセラスを抱き締める。

「だけど、この子の行動としてはあまりに――あまりに、合理的なのっ。母の私から見て、矛盾がないのっ。あまりにも、あまりにもっ。胸が――張り裂けそうなほどにっ」

「お母、様……」

　母の身体《からだ》の震えが、セラスには辛かった。シーリンは後悔を込めた声で、

「……離れるのではなかった。もっと早くに、無理をしてでも王都へ戻ってくるべきだった。いえ、私は残るべきだったのよ。近くにいなかった――私の責任。ねぇ……でもね？　だめなの、オライオ。どうして娘はこんな馬鹿な真似《まね》を――そう思う自分がいる一方で私は……この子ならそうしただろうと、そう思ってしまうの……いえ、むしろ……」

　シーリンの抱きしめる腕に、より一層力が籠もった。

「そうしなければこの子ではない――そう思ってしまうのよ！」

　オライオは妻の肩に手を置いたまま、諦念を帯びた調子で言った。

「シーリン……僕はハイリングスを預かるハイエルフの王で……君は、その王妃だ」

「……それでも嫌。嫌よぉぉ……嫌ぁぁあああ……セラスっ……セラスぅ……」

「お母、様……、――ごめん、なさい……でも私……わた、し……」

　セラスも涙を流していた。そして母を抱き締め返しながら、悟る。

禁忌を破った者への罰は、おそらく自分が想像する以上の罰なのだ。

ここまで父と母を混乱させ、また、悲しませるほどの罰。

大好きな父と母をこんなにも悲しませてしまった。

やはり、これこそがセラスの罪悪感を何倍にも膨れ上がらせていた。

でも——どうだったのだろう？

シバナ病を治せる可能性を識《し》りながら、自分はリエリを——クレシュトーをあのままにできただろうか？

もし行動していなければ、自分は一生後悔したのではないか？

だけど行動したことで、父と母を深く悲しませてしまった。

思考が、ぐちゃぐちゃになっていた。

自分の中にあった判断基準である天秤が粉々に砕け散っていく感覚……。

そして焦燥に似た嫌な感覚が、まるで無数の虫のように身体中を這《は》い回っている。

不思議な浮遊感。足もとがふわふわして、定まらない感覚。

現実感が遠のいていく。急速に。

今確かなものは、自分を強く抱き締める母の身体の感触だけ。

今の自分には寄る辺がそれしかない——そんな気分。

「セラス……ハイリングスに生きる者は、霊主様の守護なしでは平穏に過ごせない。この大幻術の中の世界にも、我々に害をなす者や自然災害は存在する。霊主様は、それらから僕たちを守ってくれているんだ。そして――その霊主様の定めた掟《おきて》は、この国において絶対だ。王家の者とてこれは例外じゃない。守らねばならない。例外を認めれば、それは掟として機能を失ってしまう」

苦痛を押さえ込むように、オライオは目頭を指で押さえた。

ほどなく彼は目頭から指を離し、

「霊主様もセラスには好意を持っていらっしゃった。いや、今でも好感を持っておられる。これはここだけの話にしておいて欲しいんだけどね……実は、セラスがやったこと自体は優しさゆえの崇高な行動だった――こうも、おっしゃっていた。でもね……」

王としての厳しい調子で、オライオは続けた。

「掟は絶対である――と」

先ほどオライオが言った通り、例外を作ってしまえば掟は力を失う。

秩序が、弱まる。

「掟に従わなければ我々は霊主様の加護を失う――そういう、僕たちと霊主様との契約なんだ」

シーリンは涙を流しながら、

「おぉ、できるなら私が代わってあげたい――代わりに罰を引き受けてあげたい。でもそれでは掟から外れることになってしまう……なってしまうのよ、セラスっ……うぅ……」

シーリンは母だが、同時に王妃でもある。

掟には従わなければならない。国民のために。

自分の母であると同時に、彼女はやはりどこまでもこの国の王妃なのだ。

「セラス」

オライオが言った。

「……馬鹿なことを、したね」

厳しい言葉だけど——その声は、優しかった。

それは、王ではなく〝父〟としての声に思えた。

父の目は何かに耐えているようで、しかし深い愛情が滲《にじ》んでいた。

馬鹿なことを、とは言ったけれど……責める響きがなくて。

すべてを受け入れた——そんな響き。

「…………」

セラスは静かに、息を吐き出す。

目を閉じ、胸に手を当てる。

今、少しだけ——不思議と気持ちが落ち着いているのがわかった。

自分のことを母は優しい子だと言った。

優しいのは、父も母も同じだ。あるいは霊主様も。
自分の行動が掟から外れていたのは事実。
でもやはり――後悔は、ない。
大事な人のためにしたことだから。
リエデンの者たちも、リエリも、コクリも――クレシュトーも。
みんな、笑ってくれるようになった。
また、笑ってくれた。
お父様、お母様。
悲しませてしまって、ごめんなさい。
迷惑をかけてしまって、ごめんなさい。
行動には結果が伴う。受け入れなくちゃいけない。
それに――父も母も、受け入れている。
王として、王妃として。
「お父様、お母様」
なら自分も王家の者として、向き合わねばならない。
「私は、掟を破りました」
受け入れなくては、ならない。

「罰を受け入れます。いいえ――受け入れなくては、なりません」


〝ハイリングスからの追放〟

これが、二つの禁忌を犯したセラスへの罰であった。

これは大幻術の外への追放を意味する――つまり、外の世界へと放り出される。

シーリンのあの嘆きっぷりも頷《うなず》ける罰と言えよう。

罰の内容を聞かされたあと、

「いっそ外の世界に放り出されるくらいなら、あなたを殺してしまおうかとも思ったわ」

その母のひと言に一瞬、セラスはぎょっとした。

「……でも、できないわよ。あなたをこの手にかけるだなんて……」

もはや涙も涸《か》れた。シーリンはそんな風に、疲れた微笑を浮かべるのだった。

追放は罪が発覚してから三日後。

三日あるのは大精霊の慈悲――ではない。

掟でそう定められているからである。

とはいえ別れを済ませる時間があるのは、親子三人にとっては不幸中の幸いだった。

この間、彼らは別れを惜しみつつ残された時間を共に過ごした。

ほとんどの政務は後回しにされた。

また、シーリンはその期間の大半を泣いて過ごした。

その中で「本当になんて愚かなことを！」と、改めて叱られたりもした。

でも決まって叱ったあと、シーリンはセラスに謝った。

そして愛娘《まなむすめ》を抱き締め、またおいおいと泣くのだった。

オライオも、王ではなく父として精一杯セラスとの時間を過ごそうとしてくれた。

そんな両親の優しさに触れるたび、セラスはふと後悔しそうになる自分に気づく。

それは――残酷と言えば、残酷な時間だったのかもしれない。

□

「聞いた感じ、セラスの母さんは異様なくらい娘を溺愛してたみたいだけど……追放を頑《かたく》なに拒否したりせず、最後には受け入れた印象なんだな」

そう〝彼〟が感想を述べた。

「母である以前に、あの人はハイリングスの王妃でしたから。掟には背けなかったんだと思います。私にも愛を注いでくれましたが、父のことも心から深く愛していましたし」

「王を思えばこそ掟をなおざりにはできない……か。国の方を優先できたってのは、王妃として見れば立派だったのかもな」

娘のために、大精霊の加護を犠牲にはしなかった。

「ええ。少し感情的な面はありましたが、王妃としては確かな人だったのだと思います」

「それでも……残された時間を泣き腫らして過ごしたり、深く葛藤し続けるくらいには
……やっぱり、セラスのことも同じくらい愛してたんだと思うぞ。何より、聞いてる感じ
――理解者だったんだと思う。俺には……セラス・アシュレインっていう人物のことを、
よく理解してた人に思えた」

「ええ……そう、だったのかもしれません……」

頼りない調子で、セラスは曖昧に返した。

今の自分は両親に対し、感情が向かない。

とある事情で、こればかりはどうにもならぬのである。

その事情については彼にまだ語っていない。

それでも――母は、自分を大切に思っていてくれた。

これだけは、確かな事実なのだろう。

記憶の中にある情報を分析してみればそれは推察できる。

記憶――情報として、ちゃんと覚えている。

彼が言った。

「すべてが終わったら、会いに行ってみるのもいいのかもな。もちろん、セラスが望めばだが」

セラスは苦笑し、

「行くとしても、まず大幻術の中に入れればの話になりますが」

「その時点で、もう難しいのか？」

「ええ……大精霊の許可なく大幻術を破ってハイリングスへ入るのは、神族でさえ不可能と言われていますから。何より……狭間《はざま》の場所を、思い出せません」

セラスは苦笑を残したまま、どこへともなく視線をやった。そして言った。

「思い出すことが、できないのです」

△

セラスの追放は、ごく限られた者だけの秘密となった。

クレシュトーにも知らされない。それは、セラスたっての希望だった。

きっとクレシュトーは孫のせいと――自分のせいと思い悩むに、違いないから。

「表向きには、セラスは病で亡くなったことにする」

オライオはそう説明した。

「この三日間も、僕たちは具合をひどく悪くしたセラスに付き添っていた――こういうことにする」

追放の日――馬車の中。

馬車は、王都の南へ向かっていた。

行く先には大幻術の狭間がある。

〝国王夫妻は大精霊の命を受け、大幻術の狭間へ様子を見に行く〟

家臣たちにはこのように説明してあった。

今日は、王家の馬車ではない。

ありふれた形の、どこにでもある馬車。

馬車には御者が一人。王家に近しい者の中で最も口の堅い男である。

また、彼は大精霊への信仰心が非常に強い。

ゆえに、大精霊から秘密を守れと言われれば絶対に守る。

馬車は外から中が見えぬよう窓に厚い布がかかっている。

それから今日、この馬車の周りには護衛がいない。

王はこの国において大精霊の力を最も多く借りられる存在。

王国内最強と言ってもよい。

そんな王がいる上、今日は大精霊の分身が監視――護衛している。

大精霊の分身は契約者であるオライオとシーリンも宿している。
しかし、今日は大幻術の外へセラスを出すための分身が別についてきていた。
そのためこの馬車は今、国内で最も安全な馬車と言っても過言ではない。
ただし、契約した三体のはぐれ精霊にとっては不安材料のようだ。
忌避に近い思念が、はぐれ精霊たちからは伝わってくる。
大精霊は彼らを禁忌存在としている。その理由はわからない。
はぐれ精霊たちは口を噤《つぐ》んでいて、禁忌たる理由を説明しようとする気配もない。
契約者からはぐれ精霊を引き剝がすことはできない。
また、大精霊であっても消滅させたり契約を解除させたりはできない。
この状況ではぐれ精霊たちが選んだのは——沈黙だった。
確かに彼らはまだ自分の中にいる。それはわかる。が、呼びかけても反応はない。
その彼らも共に外の世界へ追放される。
移動する間、セラスはシーリンに頭を抱きかかえられていた。
今日のシーリンは、すべてを受け入れ切ったような落ち着きぶりを示している。
二人は身を寄せ合うようにして馬車の中で揺られていた。
そして、
「見えたよ」

南の大渓谷。

枯れ果てた禁忌の谷とは反対に、ここは生命力に溢《あふ》れている。

そこかしこに緑が生い茂っていた。崖上からは滝が何本も流れていて、水しぶきを上げながら崖下の川と合流している。その滝の近くには、虹が出ていた。

馬車は虹を横目に、石畳で整備された道へと入っていく。

やがて、道の途中で馬車が止まった。御者が馬車の戸を開ける。

オライオが降り、振り向いて馬車内へ手を差し伸べた。

「さ、シーリン」

「…………」

「……シーリン」

シーリンは、セラスを抱いたまま動かない。

「わかっているわ」

言って、シーリンが降りる。セラスも先に降りた母に手を引かれ、降り立った。

馬車内の荷物を御者が外へ持ってきた。それをオライオが受け取って、

「それじゃあ、行こうか」

御者をその場に残し、三人は不格好な岩に囲まれた道を進んだ。

大精霊の分身は上空から見ているそうだ。

川のせせらぎが耳に届く。ぽちゃん、と跳ねた魚が水の中に戻る音がした。
小鳥のさえずり。
柔らかな優しい風が吹いている。揺れる葉が擦れる音……。
その音が清流の水音にまじって、耳に心地よかった。
三人で散歩にでも来たのだったら、ここはどんなに素敵な場所だったろう。
セラスは、母と手をつないで歩いていた。
「綺麗《きれい》ね、セラス」
「はい、お母様」
オライオが、視界を遮る蔓《つる》や草花をかきわけて進む。
そして——ついにセラスたちは、そこへと辿《たど》り着いた。
視界の先にあるのは狭い谷間。先へ行くほど狭まっているように見える。
谷間の先には、深い闇が溜《た》まっていた。
どこへ続いているのか——そう問われれば、一つしかない。
多分、大幻術の外にだ。
オライオが担いでいた荷物を地面に降ろす。
それはセラスの荷物である。
ここなのだ、とセラスは理解した。

オライオはしきりに時間を気にしていた。

セラスが大幻術の中にいられる時間は決まっている。

つまり――その時が、迫ってきている。

ぽつりと、シーリンが言った。

「今の外の世界が……昔より、ずっとよい世界になっているといいけれど……」

中から、外の世界の様子を知るすべはない。

「……いえ。いっそ、何もかもが滅びていてくれたら――」

シーリンがそこで口を噤み、唇を噛《か》み締めた。オライオは複雑そうな微苦笑でそんな王妃を見た。それから彼は膝をつくと、顔の高さをセラスに合わせた。そして、

「最後にもう一度、確認するよ」

オライオは言い含めるように、

「かつて我々が外にいた頃、ネーア聖国という国があった――今も、あって欲しいと願う。我々はその国と一種の契約のようなものを結んでいた。その頃、我々ハイエルフは他の種族と外の世界で共生していた。だけどある時、我々と他種族との協力関係が取り返しのつかないところまで崩れてしまった。そうして我々は外の世界で他種族と共に生きることを諦め、この大幻術の中へと避難した。ただ……ネーア聖国だけは、最後までハイエルフを守ろうと努力してくれた――そう記録されている」

「ネーア、聖国」

セラスは、その国の名を復唱した。

「おまえはまず、そのネーア聖国が残っているかを調べなさい。当時は我が王家とネーアの王家のつながりは深かったそうだ。それに、外の世界側の方にある大幻術の狭間から最も近い場所にあったのが、その国みたいでね。もし今も残っているなら、ゆかりのあるハイエルフということで何か力になってくれるかもしれない」

ネーア聖国の名は、どの本でも見たことがなかった。

意図的に処分されていたのか。はたまた、未読の本の中にあったのか。

どうあれ、ハイリングスに残っている記録はずっと古いものだ。

当然、そのネーア聖国が今も外の世界に残っている保証はない。あるいは母の言うように、もはや外の世界の文明が残っていない可能性だって、ないとは言い切れない。

「あとは……」

荷物を背負い準備をするセラスに、オライオが何か言いかけた。

セラスは無言でオライオの視線を受け止めた。

膝立ちになった父の首の後ろへ手を回し、抱き締める。

「わかっています……さようなら、お父様」

父が、セラスを優しく抱きしめ返した。

「何度でも言うよ――馬鹿なことをしたね、セラス」

「…………」

「だけど、おまえに後悔はない。そうだね？」

「……、――はい。でも、寂しいです。とても」

まさかこんな形の別れに繋《つな》がっているとは、思ってもいなかった。

涙は――止められなかった。

オライオが、乳母の名を口にした。

「クレシュトー……彼女はすっかり元気を取り戻した――おまえのおかげで」

「はい」

「王としてはおまえを咎《とが》める。でも父としては――これは霊主様にお叱りを受けるかもしれないけれど――少し、誇りに思うところもあるんだよ。ふふ……おまえも読んだかな？　長く生きたエルフの〝別れ〟は軽い……軽く、見える。外の世界の者……人間の目にはそう映る――そんな話を読んだことがある。感覚が摩耗するのかな？　人間がもしこの光景と会話を見ていたら、あるいは奇妙に映るんだろうか？　軽い――と。我々は……ハイエルフは、長寿ゆえに〝感情〟を消耗しすぎるのかもしれない……感動が、磨《す》り減っていく。正しい悲しみ方を、忘れてしまう。忘れてしまったのかな？　だけどね……寂しいのは確かだよ――僕のおまえへの心は、確かに、ここにある」

オライオは目を閉じ、娘の首筋に額を埋《うず》めた。

「僕の、誰よりも愛《いと》しい娘……セラス――、…………………どうか、永遠に」

オライオからそっと身体《からだ》を離し、彼は、セラスの両肩に手を置いた。

「どんなに離れていても……僕たちは親子だ。おまえが僕たちを忘れたとしても、それは変わらない。絶対に」

「………はい、お父様」

滲《にじ》み出そうになる涙を、セラスは堪《こら》える。

「ごめんなさい――、そして……ありがとう、ございます」

最後は笑って別れよう。涙はなしで。

最後が辛《つら》いのは、嫌だから。

昨日の夜、三人で寝ている時にそう約束した。

セラスは、行き場を失った様々な感情を含んだ顔の母を見た。

「……お母様」

シーリンが両膝をつき、両手を広げた。

「おいで」

セラスは小走りで駆けていき、母を抱き締めた。ゆっくり目を閉じるシーリン。

「今日までもうあらゆる言葉は尽くしたたし、伝えるべきことは今オライオが伝えてくれたわ……でも、私からも一つ」

母も娘を抱き締め返し、

「これからはあなたが——あなたをしっかり、守ってあげて」

「はい」

「それから……私たちのことを、忘れないでね。私たちも、あなたのことはずっと忘れない……そして、いつか——」

言いかけて、シーリンは言葉を切った。が、続く言葉はなんとなく想像がついた。

多分それは掟《おきて》を破り、追放される者にかけてはならぬ言葉。

でも、気持ちは伝わった。

〝私たちのことを、忘れないでね？〟

セラスの胸が、ズキッと痛んだ。

「オライオも言っていたけど、リエリもコクリも……クレシュトーも、あなたが救ったのよ。私も散々、あれこれ言ったけれど……」

苦笑するシーリン。

「私だって、あなたを誇りに思ってはいるの。あなたはとても優しい子。でもね、その優しさがいつかアダになるのじゃないか……私には、それが不安なの。あぁ、言いたくはなかったけれど……高潔さとは、時に弱さなの。でも、だからこそあなたはこんなにも愛おしい。私くらい長く生きると、あなたの持つ〝それ〟はとても輝いて見えるの……宝石のように。ふふ――いいのよ、意味がわからなくても。でもね、だからこそ〝あなた〟はあなた自身が守ってあげなくてはだめ……いいえ、本音を言えばそんな〝あなた〟を守ってあげてくれる誰かがいて欲しいと思う――心から。あなたは〝あなた〟である限り、ある種の弱さを抱えて生きなくてはならない。だからこそ、出会って欲しいと願うの……そんなあなたを〝あなた〟のまま守り抜いてくれる誰かが、外の世界にいることを……」

セラスは半分くらい、母の言葉の意味を理解できていなかった。

けれど、そのどれもが自分を思いやっての言葉なのはわかった。

どうにかしてセラスは、母の言葉を理解しようとしていた。

「セラス」

「……はい」

「気をつけて」

「はい」

「寿命が短い……それは逆に考えれば、短い間に凝縮されているということ。外の世界の短命種は、私たち長命種とは違う感覚を持った種族と思いなさい。凝縮された欲望こそ時に、恐るべき心の暴力として顕現するのだから」

「……はい、気をつけます」

ふふ、とシーリンがかすれた声で微笑《ほほえ》む。

「……だめねぇ、私ったら。もっとかける言葉があるでしょうに……がみがみ、がみがみ……最後まで、ひどい母親……」

「う、うぅ……」

「――セラス？　泣いて、いるの……？」

「お母様は――世界で一番の、お母さんです。好きです。大好きです、いつまでも……いつ、までも……っ」

「セラ、ス……」

シーリンは言葉を失っているみたいだった。何かに、大きく心を突き動かされて。

そして、

「ふふ……もう、だめじゃないの……最後は――最後、は……」

「迷惑をかけて――ごめんなさいっ。悲しませてしまって、ごめんなさいっ」

シーリンは自分の胸元にセラスの顔を引き寄せた。そして、包み込むように抱き直した。

「ふふ、セラス……聞き飽きたから、もう謝らなくていいの。最後は……笑って、って……みんなで……、――セラス……うぅ……私の、世界で一番……誰よりも愛しい、子……っ」

すべてを受け入れ、落ち着きを取り戻していたかに見えたシーリンだったが。

本当のところは、まだ悲しみに囚《とら》われていたらしい。
多分――娘を慮《おもんぱか》って、気丈に振る舞おうとしていたのだろう。

そしていよいよ、その時がやってきた。

狭間《はざま》へと続く谷間を背に、セラスは深々と頭を下げる。

「――今まで、お世話になりました」

もう謝罪はなし。二人からそう言われている。

だからこれは謝罪でなく、感謝のお辞儀。

顔を、上げる。

「さようなら――お父様、お母様」

ありがとう――お父さん、お母さん。

最後に焼きつける記憶は、笑った顔がいい。

それが、母の望みだった。

「あなたたちの娘に生まれて、私は幸せでした」

涙を完全に止めることはできなかったけれど。

セラスは、笑みを浮かべる。

父も母も、自分の望み通り笑みを浮かべてくれた。

そして、

「お父さん、お母さん」

さようなら――お父様、お母様。

「ありがとう、ございました」

どうか、

「どうか、お元気で」

◇【オライオ・アシュレイン】◇

娘を送り出したあと——その帰りの馬車内。

国王夫妻は並んで座席に腰をおろしていた。

シーリンはオライオにもたれかかり、夫の胸に頭を預けている。

オライオは、妻のその頭を気遣うように抱いていた。

「ああ言ったけれど、できるならあの子のことを忘れてしまいたい」

オライオの胸に額をくっつけたまま、シーリンが言った。

「この別れは……あの子の育て方を間違った僕たちへの罰だと、そう思うことに決めただろう?」

シーリンはしばらく黙っていた。やがて、

「あの子が外の世界に」

「ああ」

「耐えられないわ、きっと」

自分が、だろうか。それとも——あの子が、だろうか。

「確かにあの子は、正しく育ちすぎた。情操教育がすぎた。要するに——優しすぎる。君が言うように、あの子はとても高潔で尊い。たくさんの者が守ってくれる立場にある姫君としてなら、それはふさわしいあり方だろう。でも——その特質を理解し守ってくれる者がいなければ、食いものにされかねない」

怯《おび》えるようにシーリンが身を震わせた。

オライオは謝罪の意も込め、彼女の肩を優しくさすってやる。

「だけどね。あの子は愚かではあるけど、同時に賢い子でもある。考える力がある。知識だってある。クレシュトーの孫の件にしてもだ。自分で考えて決めた。自分の力で解決してみせた。そう、無謀なだけじゃない。必要だと思う力——はぐれ精霊の力を得て、あの谷に向かった。あの子なりに、考えている」

慰めの言葉でしかない。それはわかっている。

それでも、オライオはシーリンに言い聞かせた。

「確かにあの子は優しすぎる。そんな欠点がある。しかし決して弱い子じゃない。自分を守る力が備わっている。きっと大丈夫さ。だから、信じよう」

自分へ言い含める意味も込めて、オライオは言った。

「僕たちの娘を」

そのあと——シーリンは泣いた。まるで、別れの感情を吐き出すみたいに。

娘に最後の別れを告げるみたいに。

もしかしたら、あれでも別れの時は気丈に振る舞っていた方だったのかもしれない。

それくらい今の彼女の泣き方は激しかった。
やがて――泣き疲れたのか、彼女はオライオの胸の中で眠ってしまった。
物見にかかった布をどけ、外の景色を眺める。
荒涼とした冬景色。不思議と、それは今の自分にぴったりに思えた。
（シーリンは知らない……追放される者に与えられる、もう一つの罰のことを……）
記憶の剝奪。
追放者は記憶の一部を奪われて外の世界へ放り出される。
ハイリングスを守るための措置――そう大精霊は言う。
秘密を守るためなのだと。
セラスには、そのことをこっそり教えておいた。
シーリンは知らないからこのことは内緒だよ、とも。
自分たちのことを忘れないで欲しい。シーリンはそう言った。
あの時のセラスの顔を思い出すと、少し胸が痛む。
教えない方がよかっただろうか？
オライオとしては、教えてあげた方が公平な気がした。
大精霊もそれは咎《とが》めなかった。
オライオは物見の窓の外に見える、涸《か》れた泉に目を留めた。

今……あの子は何を覚えていて、何を忘れているのだろうか。

身分と名前、それから最低限のネーア聖国の情報だけは紙に記して持たせた。

その三つの情報についても当初、大精霊は難色を示した。それでも、

〝せめてその三つくらいは残してやって欲しい〟

オライオがそう大精霊に懇願し、どうにか了承を得たのである。

（残してやれるものがそれくらいで申し訳なかったね、セラス……）

考えようによっては。

記憶が残らないのはいいことかもしれない。辛《つら》い思いを引きずらずに済む。

どうせ戻れぬのなら、いっそ忘れてくれた方がいい――そんな考え方もある。

（ただ……シーリンに――この子に、セラスがこの子のことを忘れてしまうのを告げるのだけは……僕にはできなかった）

シーリンの頭を、気遣うように撫《な》でる。彼女の頬には一筋の涙の跡が残っていた。

（僕は……泣くことは、できなかったな）

多分、長く生きすぎた。

感情の摩耗。

セラスにも話したが、確かにそれはあるだろう。

ハイエルフはエルフの中でも特に長命とされる。

が、長く生きるとはそんなにもよいことなのだろうか？
時々、そんな疑念が頭をよぎる。
ハイエルフは長生きである。だが、不老不死ではない。
死という終わりが存在し、終わりの目処《めど》を立てられる。
けれど――もし半永久的に生きる存在がいるとしたら？
彼らは正気を保ち続けられるのだろうか？
自分には正気でいられる自信がない。
若い頃はもっと感情的だった。けれど、今は感情が摩耗したと思う。
防衛本能だろうか。
社会を形成し、その中で生きること。
これは決して穏やかなだけでは済まない。
感情を乱され、掻《か》きむしられる時が必ずある。生きている限り。
本来はそれこそ、人間くらいの寿命がちょうどいいのかもしれない。
感情を持つ生き物としてよき生を全うするなら――そのくらいの寿命が。
「ん……セラ、ス……」
ふと、シーリンが寝言を漏らした。
オライオはセラスのことを思った。

あの子は奇跡のように美しい。心のあり方も含めて。
それは、間違いない。
（だけど――）
あの美しさは、魔性でもある。
多くの近似種にとって、あの美しさは毒でもあるだろう。
無事成長すればあの魔性はさらに増すのではないか。
世界とは常に醜さを孕《はら》む。ハイリングスとて例外ではない。
その醜さの中にあって、時に異質な美しさは傾国すら招く。
エルフは、異様な寿命の長さがアダとなり外の世界から逃れたとも言える。
しかし、それだけではない。
エルフの多くが持つその美しさもまた、困難を呼び込む要因となったのだ。
オライオは目頭を指で押さえ、再び、眠るシーリンの頭を撫でた。
（君が危惧するのも、よくわかる……）
もっと自分も若ければ、この子と同じくらい取り乱したのだろうか？
感情的になっていたのだろうか？
この二百年以上も若い妻と同じくらいの年齢であったなら。
知らぬ者が見れば、二人が並んでいても年齢がそこまで離れているとは思われまい。

人間と違い、エルフは外見だけでは年齢を見抜きにくい。ありがちな事例である。

オライオはそんな若き妻から、窓の外へと視線を移した。

(いつか僕たちもあの子のことを忘れないといけないだろう……これからの、気の遠くなるような長い日々の中で)

忘れるといえば――あの子の方も。

今頃はもう父の名を忘れているだろう。

「セラス」

どうか、無事で。

君のために泣くことは、できなかったけれど。

君と過ごした日々。それは、確かに幸福だった。

君を、父として確かに愛していた。

無事を願うこの心だけは、本物だと思うから。

(だからどうか――)

願う。

あの子が末永く穏やかに、笑って生きられますように。

そしてもし望むのが許されるのなら、外の世界で――

「よき者と、巡り会えますように」

窓の外を見つめながら、もう会うことはないだろう娘を想《おも》う。
視界の先では厚ぼったい雲間から光が差し込み、それが地上に降り注いでいた。

3．ネーア聖国

ハッと我に返る。
振り向くと、そこには密生した木々が広がっている。
ただ、木々は枯れていた。冬枯れだろう。
頰にあたる風が冷たい。冬の風。
最後に覚えているのは光に包まれた記憶である。
別れを済ませたあと、あの谷間を進んだ。
その先に〝何か〟が待っていた。
何か？　そこに、何が待っていたのだろう？
もやでもかかっているみたいに、記憶がぼんやりしている。
その時、身を切るような風が吹きつけた。防御反応のように思わず身体《からだ》を抱く。
身を縮めたまま、ヒビの入った足もとの地面を見つめる。
「…………」
――別れ？
そう、自分はどうやら誰かと別れてきたらしい。
誰と？

思い出せない。が、

『ネーア聖国が残っているかを調べなさい』

そんな記憶が、ふと頭の中に浮かび上がってくる。

ああ、そうだ。

自分はどこか別の国にいた。その国の名前は……なんだったろう？

その国の名は〝ネーア聖国〟ではない。なぜかそれはわかる。

が、その国の名はやはり思い出せない。

（ネーア聖国……）

『もし今も残っているなら、何か力になってくれるかもしれない』

誰かが自分に、そう言っていた。そうだ。確か今背負っている荷物も、その言葉を口にした〝誰か〟が用意してくれたのだ――多分。

それから――自分は、三体のはぐれ精霊と契約している。

これは覚えている。

また、自分は彼ら精霊から様々な力を借りることができる。

その中でも〝精式霊装《せいしきれいそう》〟は強力で、この身を守る助けとなってくれるはずだ。

精霊たちは……そう、自分の中に宿っている。

呼びかけてみる。すると、彼らから解放感に似た思念が伝わってきた。

安堵《あんど》の息を吐く。
外の世界に出ても、彼らが失われることはないようだ。
外の世界？
そうだった。
ここは自分が元いた国ではない――おそらくは。
辺りを見る。
寒々しい冬の森。
空を見上げる。雪は、降っていない。
灰色の空はどんより曇っていて、重々しい雲が垂れ込めていた。
変わったものは特に見当たらない。
自分はここまで歩いてきたのだろうか？　最初から、ここにいたのか？
わからない。
元いた場所は夢の世界で、今、自分は夢から覚めたばかり――そんな気分。
あの国には、もう戻れない。……確か。
（？）
自分の頬が少し濡《ぬ》れているのに気づく。そこに触れてみる。
一筋の跡。泣いていたのか、自分は。

今は悲しみなどない。感情が動かない——動いて、いない。
何をそんなに悲しく思ったのか?
それすらも、わからない。
「………」
ともあれ、まずはこの森を出なくてはなるまい。
荷物を探ってみると、古ぼけた地図が入っていた。
他には、最低限の食料や衣類、野宿のための道具、それから古ぼけた通貨。
武器は背負っている鞘《さや》に納まった剣。それと、短弓。
弓は剣ほど褒められなかった。でも、腕は悪くないと褒められた記憶がある。
記憶……そう、記憶はある。情報として。
まだ所々ぼやけているが、ある。
たとえば、自分の名前は〝セラス・アシュレイン〟。
これも覚えている。
他にも自分や過去の事柄については、いくつかの〝情報〟を覚えている。
なので、記憶のすべてが失われているわけではないらしい。
ただ、なんだか……自分の記憶ではないみたいな——不思議な感覚があった。
『おまえが僕たちを忘れたとしても、それは変わらない』

これは、誰の言葉だっただろう？
「……忘れたと、しても」
なんだったか。何か、教えてもらった気がする……そう、確か——
記憶と、それに伴う感情の剝奪？
必要と判断された記憶を奪う。いや——封ずる、だったか。
わからない。覚えていない。
ともかく、自分は記憶の一部を奪われた状態ではあるらしい。
「…………」
何を思い出せて、何を思い出せないのか。
それがわからないのは、少し怖い。
自分にとってかけがえのない記憶を忘却しているかもしれない。
あるいは、感情も……。
……カサッ……
「？」
外套《がいとう》の内袋に触れた時、紙片が入っているのに気づいた。
記憶を奪われるから、こうして情報を残しておいたのだろうか？
折り畳まれた紙片を開く。

『ネーア聖国を目指す』
『アシュレイン王家の姫　セラス・アシュレイン』
記されていたのは、これだけ。
紙に書かれている〝ネーア聖国〟は、少し前に思い出した国名と一致している。
どうやら、その国を目指すので間違いはないようだ。
ただ――
「王家の、姫……」
自分は、王族の血を引く姫だった？
〝姫さま〟
そうだ。誰かが自分をこう呼んでいた気がする。
他にも何か情報を記したものがないだろうか？
荷物を漁《あさ》ってみる。が、他には特に何も見つからなかった。
あるいは、物理的に持っていくのを許された情報がこれだけだったのか。
荷物を整理し直し、担ぐ。そして、歩き出す。
どこかから遠吠《とおぼ》えが聞こえる。鳴き声からして狼《おおかみ》だろうか。
見知らぬ世界へ唐突に放り出されたひとりぼっちの自分。
妙な表現だが――感情が空っぽに思えた。

先ほどの地図を頭に思い浮かべる。

進む足先を見ながら、その国の名を口にする。

「……ネーア、聖国」

今のセラスにはその名が、一縷《いちる》の寄る辺のように思えた。


牙と牙の隙間から荒々しい白い息と、唸《うな》りが漏れている。

セラスは今、狼たちの襲撃を受けていた。

過去に似た状況を経験した——気がする。が、思い出せない。

意識を切り替える。

思い出すより、今はこの状況を乗り切るのが先決だ。

狼たちが飢えているなら、手持ちの食料を与えれば去ってくれるだろうか。

否——違う。

金の眼をした狼たちは、獲物への殺意を漲《みなぎ》らせている。

和解の余地が微塵《みじん》もない凶悪な殺意。

それを迸《ほとばし》らせ、狼が飛びかかってきた。

剣を振るう。体毛の上から、肉を抉《えぐ》り裂く感覚。

宙に血が糸を引いた。
一番槍《やり》の狼が悲鳴を上げる中、セラスは斜め後ろの巨岩目がけて走った。
転ばぬよう足もとに気をつけながら、追いすがる狼を切り払う。
巨岩に辿《たど》り着く。岩を背にし、剣を構え直す。
これで――背後からの攻撃は断てる。
「――ハァ、ハァッ……」
呼吸と鼓動が速さを増している。が、不思議と冷静な自分がいた。
剣で生き物の命らしい命を奪ったのは、これが初めてだった。
記憶の問題はあるが――多分、初めて。
ぼんやりとした記憶では〝あの時〟は血《命》が流れていない。多分。
今回は流れた。温かい血が――確かな血が。
この手で血を流させ、命を奪った。
「はぁ……はぁ……」
狼たちに引く気配はない。
セラスは当年七歳になった程度の子ども。弱々しい獲物に見えても、おかしくはない。
「ネーア……聖、国――」
そこへ辿り着くことが、ある種の呪いのように自分の中にとどまっている。

生きる意味をそこに見出《みいだ》さねば死んでしまう——というより、生きる意味がない。

記憶が欠落した状態の今の自分。

何かを目指さねば気持ちが——生きる意志が、ふっと切れてしまいそうで。

と、機を計っていた狼たちが示し合わせたように動き出した。

同時に飛びかかってくる。うち一匹は、巨岩をよじ登ろうとしている。

上から襲いかかるつもりか。でも、

（——多分、大丈夫……）

精式霊装に頼らずとも、勝てる。セラスはそう直感した。

思い出せないが、どこかでこんな戦いを経験した気がする。

やれる。

おそらく——やったのだ、自分は。

セラスは柄《つか》を握る手に力を込め、鋭く剣を振るった。


「…………」

ヒビ割れて乾いた地面に、赤い血が染みこんでいく。

セラスの周りには金眼《きんがん》の狼たちの死骸。

刃の血を拭いながら、セラスは気づく。
――雪だ。
舞い落ちる白の花びらのように、雪が降ってきていた。
白い息が、空気に溶ける。温かみのない灰色の空を見上げると、
『ご覧ください、雪ですよ』
頭の中に〝誰か〟の言葉がふと湧いた。
「クレ――」
言葉が途切れる。
クレ……。
「…………」
自分は今、なんと言おうとしたのだろう？
頭の中に突然その二文字が浮かんできた。
水面にちょっとだけ頭の先を出すみたいに。
しかし今はもう、頭の中に広がる大海のどこかへと沈んでしまった。
精霊たちに呼びかけてみる。すると、すぐに思念が返ってきた。
「そうですか。あなたたちも、何かを忘れてしまっているのですね……」
彼らも少し混乱しているようだった。

セラスと契約した事実は覚えているが、他のいくつかのことを忘却しているらしい。

「私のせいなのかもしれません。それも——わかりませんが。しかし、だとすれば申し訳ありません。ただ……」

三体の精霊がいる。呼びかければ応えてくれる。

彼らの存在が、今のセラスにはとてもありがたく思えた。

孤独では、ないから。

「いきましょう」

セラスは剣を鞘に納め——暗くなりつつある森の中を、再び歩き始めた。

□

話の途中で〝彼〟が不思議そうに尋ねた。

「つまりその時は忘却してた記憶が、今は戻ってるのか？」

「はい、そのようです。十七を過ぎた頃くらいからでしょうか。ゆっくりとですが、色々なことを思い出してきました。もちろん狭間《はざま》の場所は今も思い出せないので、まだ失われた記憶もあるのでしょうが……」

追放後の記憶に関する経過。

〝時間経過によって、失われた記憶が回復してくる〟

このことは、大精霊も知らない可能性がある。大幻術の中とこちらの世界が隔絶されているのなら、こちら側に追放した者の状態も知るすべはない――これは、考えられる。

彼が言った。

「記憶が戻り始めたのは……記憶を奪われてから、ちょうど十年くらいか」

セラスは俯《うつむ》き、

「そう、なりますね。そして――」

彼が先回りし、そのあとの言葉を紡ぐ。

「記憶に伴う感情の方が、戻ってこなかった」

「はい……記憶は情報として私の中にあります。ですが、なんと言いますか……実体験としての感覚が恐ろしく希薄なのです。それこそ――本で読んだ他人の物語のように。そうですね……本で読んだ物語を映像つきで覚えているような感覚、とでも言いましょうか」

「そいつは、追放者に復讐《ふくしゅう》をさせないための措置かもな」

「姫さまも、似たようなことをおっしゃっていました」

追放された者すべてが、納得して追放されたわけでもあるまい。

追放した者へ恨みが向くかもしれない。

どうにかして大幻術を破りハイリングスへ戻ろう――復讐しよう。

そう考える者がいないとも言い切れない。

けれど、追放した者を恨むことへ繋《つな》がる記憶を消されたら、恨みを抱くのは難しいのではないだろうか？

大事なことを、何も覚えていないのだから。

何があって自分が追放されたのかを、覚えていないのだから。

彼が寝具の上で両手を枕にし、仰向《あおむ》けになった。

「記憶に付随する感情が失われるのは、副作用みたいなもんか……気持ちが残らないってことは、つまりは引きずらないってことでもある。ちょっとかっこつけた言い方をするなら——湿った過去を、乾いた過去に変えちまう。言うなれば、どうでも、よくなる」

見方によっては残酷とも言えるな、と彼は言い添えた。

記憶の中の少女——あの幼い姫君は、両親を愛していたはずだ。とても。

ただ、彼女が〝自分〟であるという実感が——怖いほど、ない。

「過去の話を誰かにする時は、気持ちがあるように話すこともあります。感情が向かない——そんな話をしてもややこしいですし、相手も困るでしょうから」

「なるほどな……おまえが旅の中でネーア聖国時代の話は思い出深そうに話すのに、故郷についてほとんど語らなかった理由が、ようやくわかった」

セラスは微苦笑し、

「それに……他人の過去を勝手に明かしているような、そんな後ろめたさもありまして」

彼は視線を伏せ、少し皮肉るように微笑した。

「そこに罪悪感を覚えて躊躇《ちゅうちょ》してた、か。過去の自分にすら遠慮するってのも……セラスらしいというか、なんというか」

「私らしい、でしょうか？」

「ちょっと遠慮しすぎな気はするけどな。おまえはやっぱり自己主張が薄すぎる。言っただろ——もっとわがままになってもいい、って」

ふふ、とセラスは微笑《ほほえ》んだ。

「懐かしいです。それについても、同じようなことを姫さまにも言われましたから」

その〝姫さま〟とは、セラスの記憶の中にいるハイリングスの姫君のことではない。

ネーア聖国の姫君、カトレア・シュトラミウスのことである。

そう、追放されたセラス・アシュレインはこのあと——彼女と運命的な出会いを果たすこととなる。

◇【カトレア・シュトラミウス】◇

「こんな寒い時期に狩りだなんて、どうかしてますわ」

カトレア・シュトラミウスは、不満を呟《つぶや》きながら雪のちらつく森の中を歩いていた。

腰の後ろに手を回して歩く彼女には、護衛の騎士が四名と、ルノーフィア侯爵家の息女であるマキア・ルノーフィアがついている。

今年、カトレアは十歳になった。

今日は、聖王である父の従兄《いとこ》にあたるミシュル公爵の狩りにお供した。

狩りは毎年の恒例行事なのだが、カトレアはあまり面白くない。

特に今年は〝冬に狩りをしてみたい〟などと公爵が言い出したため、より面白くない。

かくいう父も別に狩りが好きではない。

が、強引な従兄にせがまれ毎年渋々つき合っていた。

父は、従兄のハッグ・ミシュルと幼い頃から特に仲がよかった。

まあ、昔から豪放磊落《ごうほうらいらく》な気質であるハッグが、おとなしかった父をあれやこれやと連れ回していた――というのが、実際のところであったらしい。

その関係が王と家臣の関係となった今も変わらず続いている、とも言える。

困ったものだ、とカトレアは常々思っていた。

（わたくしあまり好きではないのですわよね、あの人）
ミシュル公爵家には不穏な噂《うわさ》もある。
ハッグが息子を次期聖王にしたがっている——そんな噂があるのだ。
こう囁《ささや》かれるのにも一応の理由がある。
聖王には、息子がいない。
また、聖王には血を分けた兄弟もいない。
正確には以前いたのだが、皆、病や不幸な怪我《けが》で亡くなってしまった。
さらには、王妃も病で八年前に亡くしている。
母の病死はカトレアが二歳の時。なので、あまり母の記憶はない。
さて、聖王はなかなか子宝に恵まれなかった。
そしてカトレアは、聖王が比較的高齢の時分にようやく生まれた娘であった。
加えて聖王は妻の病死以降はすっかり気落ちしてしまい、側室を置くのをやめた。
もちろん、王妃の座も空位のまま。
つまり現在、聖王オルトラ・シュトラミウス直系の血を継ぐのはカトレアのみである。
そんな事情もあって、カトレアは蝶《ちょう》よ花《はな》よと大事に育てられた。
けれど聖王の玉座には男子がつくもの。それが、ネーア聖国の習わしである。
こうなってくると、直系ではないが確かな王族の血を引く息子を次期聖王に——従兄の野心にそんな火がつくのも、無理からぬことかもしれない。

(あの人、お父様を与《くみ》しやすいと考えている節がありますものね。それに……わたくしをゆくゆくは息子の妻に、だなんて周りに吹聴《ふいちょう》しているようですし)

その話には公爵夫人も乗り気らしい、なんて話も聞こえてくるのだから始末に負えない。

(肝心のお父様も日に日に気力が弱ってきているご様子で……最近などは、まるで聖王という立場を煩わしい重荷とでも思っていらっしゃるかのよう……まったく、困ったものですわ)

カトレアはその考えを口には出さない。

護衛騎士の誰かから漏れて、父やハッグの耳に入るかもしれない。

そうなってあとあと面倒な話になるのはごめんである。

(まあ、マキアは大丈夫でしょうけれど)

カトレアは、少し後ろを歩く帯剣した少女を見た。

ルノーフィア侯爵家は代々王家に仕える近衛《このえ》騎士を輩出してきた名家である。

といっても、今の王家への忠誠心がどれほどかは測りかねるが。

今、ネーア国内は貴族たちを中心に様々な思惑が飛び交っている。

〝聖王に覇気がなく、いまいち統率力に欠けるのが原因である〟

そう言う者もいる(逆に、穏やかな王だからそれがよいと言う人もいるが)。

そしてルノーフィア家も、昔ほどは、なんの損得勘定もなしに総出で聖王家に仕えてはくれない――そう聞いている。

が、去年叙任され、カトレア付きの従騎士となったマキアは信用できる人物だった。

まだ付き合いは一年にも満たないが、彼女は信頼できる。それは観察していてわかった。

そのマキアが、カトレアに言った。

「あまり奥へ行くのはおすすめしませんよ、姫さま」

カトレアは少し視線を下げて振り向き、

「あなたが付いていているのだから、大丈夫ですわ」

マキア・ルノーフィア。

切れ長の二重の目を持つ、赤い瞳の女騎士。

長い黒髪。白く健康的な肌。小顔で、その顔立ちは端整な高級人形のようでもある。

鎧《よろい》のあしらいがヒラヒラしていて、頭の飾りと合わせて彼女の趣味だという。

貴族趣味の高級人形のように見えるのは、その装いの影響も多大にあるだろう。

黙っていると、冷たそうな人とよく言われるそうだ。

けれど話してみれば、性格はむしろとっつきやすい方だとわかる。

一方で伝統ある侯爵家の娘だけに、日頃の挙措の端々には品位がちゃんと滲《にじ》み出ている。

ひと言で評するなら、人間として均整が取れている――そんな感じか。

そんな出来た人物のマキアだが、一つ彼女が気にしていることがある。
カトレアは今年、十歳になった。
片や、マキアは年上で五つ以上も離れている。
つまりカトレアよりもお姉さんである。
しかし年齢とは逆に、マキアはカトレアより背が低かった。
彼女を知らぬ他国の客人からよく幼子と間違われるくらいには、低い。
これが、マキアが気にしている悩みの一つだった。
(別に、背の高い低いだけで人間の価値は決まらないでしょうに)
実際、マキアは剣の腕も立つ。
あの細腕のどこにそんな力がと目を疑うほど、腕力にも恵まれている。
身長差など問題にならぬほどの長剣を自在に振り回し、もっと大柄な男も圧倒する。
術式使いとしても彼女は優秀だ。
何より、大陸でも数少ない詠唱呪文の使い手である。
左の中指に嵌《は》められた指輪は詠唱呪文の魔導具。
普通の術式の魔導具と違い、こちらは使える人間が限られる。
あれに〝選ばれた〟というだけで十分すごい人物なのである。
「はぁ……それにしても、狩りは本当に退屈ですわねぇ」

これは隠さず口に出す。すると、マキアは曖昧に微笑んだ。

「姫さまは、狩りにはご興味がありませんからね」

「一度だけ経験としてやりましたけれど、面白いものではありませんわね。男だから野蛮な行為が好きなのだ、とまでは言いませんけど……楽しみのために動物を殺す行為は、どうもわたくしには合いませんわ」

「こうして陛下たちから離れて散歩の方が、やはりよろしいですか」

「そうですわね。寒いのは嫌いだけれど、わたくし冬の景色や空気は好きですわ。こういう枯れた森も風情がありますし。雪もたくさん降り積もると煩わしいことこの上ありませんが、このくらいなら悪くないですわ」

まあ――退屈なのに、変わりはないが。

最初はいい。が、似た景色が続くのでやはり飽きてくる。

それでもハッグのそばにいるのに比べたら、マキアとこうして散歩している方が何倍もマシである。それに、ハッグに捕まると興味のない話をくどくどと聞かされる。

関係を悪くするわけにもいかないので、愛想笑いしては程よい相槌《あいづち》を打たねばならない。

これがまた、疲れる。

まあ、今回はハッグの息子がいないだけまだ楽とも言える。

〝冬の狩りなど寒いから嫌だ〟

彼の息子はそう言って、父親の誘いを突っぱねたらしい。

妻共々、ハッグは息子に甘い。そうして拒否されたら強く言えないという。

(息子に弱い親で、助かりましたわ)

息子が同伴していると未来の妻――つまりカトレアと仲よくさせようと、あの手この手で公爵夫妻が干渉してくる。あれが、本当に鬱陶しい。

(幸いなのは、あの息子の女の好みからわたくしが外れていることですわね)

何度か会って話したが『姫さまは苦手だ』と言っているらしい。

これも、カトレアにとっては朗報であった。

「……あら?」

数頭の馬が近づいてくるのが見える。馬上には、

「お父様」

やってきたのは、何人もの近衛騎士を引き連れた父のオルトラだった。

護衛の騎士が途中に目印を置いてきている。追ってくるのは、簡単だっただろう。

「どうされましたの?」

オルトラは周囲をぐるりと見回してから、

「この辺りでは報告がないが、この森でいくつかの狼《おおかみ》の群れ――金眼《きんがん》の魔物が確認されたと報告があってな。いくら手練《てだ》れの護衛をつけているとはいえ……心配で、心配で……お

まえは……ふぅ、ふぅ……私のたった一人の、血を分けた娘なのだから……ふぅ……」

不安定な呼吸。息も絶え絶えというか——苦しそうに見える。

すっかり父は肥満気味である。日頃はあまり身体《からだ》も動かしていない。

そんな今の父にとっては、このくらいの〝遠出〟もしんどいのであろう。

「ハッグ様は放っておいてよろしいんですの？」

「ふぅ、ふぅ……ハッグは足を挫《くじ》いて休んでおる。そろそろ帰ろうと……、——これ、カトレア。何を笑っておる？」

「いえ、失礼いたしました。それはなんと言いますか——大変ですわね」

そんな事故が起きたおかげで帰れるのがわかって、つい口もとが緩んでしまった。

しかし、思わず顔に出てしまうとは。まだまだ修行が足りない。

オルトラが灰色の空を見上げ、

「雪も降ってきたしな……ふぅ、ふぅ……雪がひどくならぬうちに、王都へ戻った方がよかろう……ハッグはこの空模様ならすぐやむはず、と言っておったが……」

「わたくし、実はもう寒くてたまりませんの。できればもう城に戻りたいですわ。それに、ネーアの聖王とその娘が万が一にもこんなところで凍死しては、大変です」

「ふぅ、ふぅ……はっはっ、これはまた大げさな。とはいえ、この寒さで大事な娘が風邪でも引いては大変だ。うむ、戻るとしよう」

「ええ、お父さ……、――ッ！」

いち早く〝それ〟に気づいたカトレアから、ほんの少し遅れてマキアも気づく。

「姫さま、私の後ろへ」

カトレアを後ろへやり、マキアが剣を抜き放つ。

護衛の騎士たちも数名はすでに剣を構えている。

二人の反応を見て、残る者も〝それ〟の存在に気づいた。

最後まで「？」と首を傾《かし》げていたオルトラがそちらを向き、

「！　な……なん、だ？　子ど、も？　なぜ、こんなところに……、――ッ！」

驚愕《きようがく》するオルトラ。

「その耳、まさか……エルフ、なのか？」

そこにいたのは、薄い蜜色の髪をしたエルフの少女だった。

防寒用と思われる外套《がいとう》。薄手の手袋。それから、背負い袋。

その小柄な身体の背には、彼女が持つにはやや長めの剣も背負っていた。

（……それに、しても）

なんて――――美しい。

カトレアは、その少女に魅入ってしまっている自分に気づいた。

淡い綿雪が静かに降る中に佇《たたず》む、美しいエルフの少女。

その立ち姿だけで、もはや一枚の名画のようですらある。

〝心を奪われる〟

まさに、こういうことを言うのかと思った。

この全身を包む奇妙な衝撃と高揚感。

生まれて初めて味わう感覚。

新鮮、でもあった。

鳥肌――否、全身の肌が粟立《あわだ》っている――そんな感覚。

痙攣《けいれん》しているみたいに、頬が小刻みに震えていた。

果たして自分は今、どんな顔をしているのだろう？

言葉を失っているのは、他の者も同じのようだった。マキアでさえも。

意識を奪われている――魅入られている。あまりに人の意識を奪い去るため、人をたぶらかす妖魔のたぐいかと疑《うたぐ》りたくなるほどだった。

「今ほど……ネーア聖国、とおっしゃいましたか？」

耳朶《じだ》を心地よく打つ、澄んだ鈴の音のような声。

この冬景色に似合わぬ高い秋空のような清涼感を、その音色は聴く者に授けた。

「ええ――言い、ましたわ」

そう答えながら、カトレアは歩き出していた――エルフの少女の方へ。

「――ッ!?　姫さまっ」

魅了による束縛からようやく逃れて我に返ったマキアが、カトレアを追う。

それにつられた他の者も、慌ててカトレアと少女の間に壁となって割り込んだ。

「姫さま、こ、この少女が何者かはわかりません！　危険です！」

彼らが少女から目を離せないのは、危険人物の可能性があるからか。あるいは――

「では、貴方《あなた》たちが盾になって守ってくださいな。それなら、お話をしても安全でしょう？」

近づいたのは、

〝もっと近くで見たい〟

もしかしたら、こう思ったから。

本当に存在しているのか確かめたくなった。

それくらい少女は、幻想の住人めいていた。

「それで……ネーア聖国が、どうかしましたの？」

「……ネーア聖国を頼れ、と――そう言われたのです。ですので、私はネーア聖国を探していました。しかし覚えているのは……ただ、それだけで……」

弱々しく目を伏せる少女。まるで、咎《とが》でも負ってそこにいるかのような反応だった。

「覚えていない……つまり記憶――記憶が、ありませんの？」

「何もかも忘れているわけではありません。ですが、思い出せないことが多いのです……あの――」

少女が懐に手を潜り込ませた。マキアや騎士たちが反応し、警戒する。

が、少女が取り出したのは一枚の紙片だった。

「わたくしが受け取りたいところですが――マキア、お願いしてよろしい？」

「お任せを」

閉じた紙片を、マキアが少女の手から受け取る。

「姫さま。中身は一度、私が検《あらた》め――」

「いえ、検めずともよいですわ」

言って、手を差し出す。一瞬の躊躇《ためら》いがあったが、マキアは紙片を渡した。

カトレアは畳まれたそれを開き、記された文字を追う。

「……、――ッ！」

アシュレイン王家。

知っている。王室書庫で、読んだことがある。

「つまり貴方は……かつて我がネーア聖国と深い親交があったとされる、ハイエルフの国ハイリングスの——アシュレイン王家の姫君、なのですか……？」

なぜだろう。心臓が、高鳴っている。

どこか自信なげに、少女は答えた。

「……はい、そうです」

「しかし、なぜ姫君が一人でこんなところに——、……」

何か事情がある。

明るく前向きに親交を再開しよう——そんな雰囲気ではない。断じて。

「……まあ、何かのっぴきならない事情を抱えているのは見てわかりますわ」

少女は記憶がないと言った。それが原因でここへ迷い込んできた？

この時、カトレアの頭の中には様々な考えが浮かんできていた。

まるで、泉からこんこんと止めどなく水が湧き出てくるような感覚だった。

自分の頭がこんなにも強い感情を伴って働いているのは、とても珍しい。

興奮——昂揚《こうよう》——期待——少なくとも、後ろ向きな感情ではない。

この出会いは、それほど新鮮かつ未知の感覚をカトレアに与えていた。

「お父様っ」

馬上の父を見上げるカトレア。

見るとオルトラは——

「…………」

吸い込まれるように、少女を見つめていた。

そして父は視線をそのままに、ぽつりと娘の名を呼んだ。

「カトレアよ」

「？　はい、お父様」

「美しい」

「……？　え、ええ……」

意図を汲《く》み取りにくいが、おそらく少女のことだろう。ともあれ、

「お父様！」

「――、……む？　う、うむ」

オルトラは少し、意識がはっきりしたようだった。

「見たところ、彼女は困っているようですわ。そして誰かから我が国を頼れと言われ、ネーアを目指していたようです。彼女は――」

アシュレイン王家の件を、改めて伝えた。

魅入るあまり、オルトラはその情報が耳に入っていなかったらしい。

「――ハイリングスのアシュレイン、か。う、む……真実であれば我がネーアにゆかりのある名だ。王室書庫の記録にも残っておる。人間たちのせいでひどい目に遭わせてしまっ

たことを、後世の王たちは悔いていた——そう記録されておる。そして……次にもし使者が来るようなことがあれば丁重に迎え入れよ……と」

オルトラが、少女を見つめていた目を閉じた。そして、

「——贖罪《しょくざい》は、果たさねばならぬだろう」

「！　し、失礼ながら陛下っ」

近衛《このえ》隊の隊長であるグオーツ・フォルランが、王の馬の前で膝をついた。

「この少女がよからぬ思惑を持つ何者かの放った刺客の可能性……これは、まだ排除し切れませぬっ。この娘の言葉を鵜呑《うの》みにするのは危険かとっ……王都へ連れてゆくにしても身柄をしっかり拘束し、よからぬ思惑はないと証明させる必要はございましょう！」

「……うむ。もっともだな、グオーツ」

「では陛下——」

その時、カトレアは反射的に思った。

そんな始まりは、嫌。

いや、グオーツの進言は尤《もっと》もである。正しい対応だ。

が——彼女にしては珍しく、この時のカトレアは非合理的な判断の方を優先した。

「お父さ——」

少女がもし本当に姫君であり——かつ、国交を復活させるために来た使者であったら？

拘束などしては、国交回復の道は再び閉ざされてしまいかねないのでは？

これは、少女をどう扱うかを見るためのハイリングス側の試験かもしれない。

そんな論理で、グオーツの懸念を押し返そうとした時だった。

「が――そのような扱いは、余が許さぬ」

そうオルトラが言った。それは、有無を言わせぬ強い調子だった。

そして、こんなにも威厳に満ちた父を目にしたのはとても久しぶりな気がした。

「かつて、この大陸の者たちがハイエルフたちにどんなひどい仕打ちをしたか……我々はむしろ、再び彼らの信頼を得ようとしなくてはならぬ側。それも、このような年端もゆかぬ少女をはなから疑ってかかるなど……余には、できぬ」

これには少々、カトレアも虚を衝《つ》かれた。

なんというか――父らしくない。

いや、むしろ本来あるべき聖王の姿が〝これ〟だとも言えるのだが。

「こ――これは、失礼を！」

グオーツも、この毅然《きぜん》としたオルトラの姿にいささか面食らっていた。

反面、微妙に感動している素振りもうかがえる。

我らの〝王〟が久方ぶりに戻ってきた――そんな感じだった。

オルトラは許しを提示するように軽く挙手し、

「そなたが我が身、ひいてはネーアのためを思い勇気を出して警告してくれたのは重々わかっておる。しかし……余は、信じてみたいのだ。あの少女を。かつて我がネーアと手を取り合っていたという、ハイエルフをな……グオーツよ、ここは王のわがままと思って呑んでくれぬか」

再び、グオーツは頭《こうべ》を垂れた。

「陛下がそこまでおっしゃるのであれば……私こそ、出すぎた真似《まね》を」

「いや、そなたは近衛隊長としての責務を果たしたまで。気にするでない――ところで、そなたはセラスという名だったかな？」

「ぁ……はい」

なりゆきを黙って見ていた少女――セラスが、跪《ひざまず》いた。騎士のように。

「セラス・アシュレインと申します、陛下」

オルトラはそれを見て朗らかに笑い、

「ほ、ほ、ほ。礼儀はなっておるが……そう堅苦しくせずともよい。ほれ……そなたは、まだ子どもなのだから。聞けば記憶が定かではないのだったか？　見方によっては、それは病のようなものであろう。ならば、記憶が確かになるまで我がネーアの城で静養してゆくがよい」

オルトラは視線をようやくセラスから外し、

「カトレアよ」

「あ――はい、お父様」

「あの子はおまえがよく面倒を見てやるとよい。見たところ、互いに年も近そうだしな」

カトレアは優雅に、貴族がするみたいにお辞儀をした。

「かしこまりましたわ、陛下。どうかお任せあれ」

「これ、カトレア。ふざけるでない」

やんわり叱りながら、オルトラは苦笑した。

騎士たちの間に弛緩《しかん》した空気が流れる。

マキアだけは、どう反応したらよいものか決めあぐねている様子だったが。

「ハッグには……まだこの娘の存在は隠しておくべきであろうな。よかろう。ハッグの方は余に任せるがよい。王都へ戻るまでセラスのことはカトレアに任せる。マキアも手を貸してやってくれ」

「かしこまりました、陛下」

「では、あまり遅いとハッグが文句を垂れるのでな。先にゆく」

騎士たちを率い、オルトラは来た道を戻っていった。

マキアが遠ざかる王を見て、

「……不敬な物言いかもしれませんが、人が変わったようですね」

「何か心の奥を強く揺さぶられた――少しわかりますわ、わたくしにも」

「……理解できなくも、ありませんが」

王の背からマキアが移した視線の先。

そこには、幻想世界から現れたような少女が立っている。

真綿で首を絞められるような、日々の退屈が見せた白昼夢ではない。

そう、少女は今も消えずにそこに残っていた。

現実世界《確かな》の存在として。

◇【セラス・アシュレイン】◇

「しばらくは、こちらの部屋を使うとよいですわ」

冬枯れの森を彷徨《さまよ》う中で出会った少女――カトレア・シュトラミウス。

彼女はネーア聖国の姫君だった。また、その場にはネーアの聖王や騎士たちもいた。

彼らはあの森へ狩りに来ていたのだという。

なんたる偶然か。

しかも記憶があやふやな自分を手厚く保護してくれた。

あのあとセラスは馬車に揺られて移動し、ネーアの王都ヲレインフィードに入った。

城下町を抜けて王城の前に到着した馬車は、そのまま馬車ごと裏門から入城。

そのあとは言われるままカトレアの指示に従った。

そうして通されたのが、この部屋だった。

落ち着いた色調で統一された上品な内装。質素ではないが、余計な装飾もない。

無駄がない、という表現のしっくりくる部屋だった。

「ここはわたくしの第二私室です。体面上、客人を招く際は本来もっと見映えのする第一私室の方を使うのですけど、わたくしはこちらの部屋の方が好みですの。ああ、寝室はあちらです」

隣の部屋を示すカトレア。長椅子にちょこんと座っていたセラスは、

「あの、そのような部屋を……私が使ってしまって、よろしいのですか？」

「この城には、断りなく姫の私室に立ち入るような不届き者はいませんから」

ですので貴方《あなた》を隠すにはうってつけの場所ですわ、とカトレアは言い添えた。

セラスは――妙な気分だった。

多分、驚くほどとんとん拍子に話が進んでいるせいだろう。

上手《うま》く運びすぎて逆に少し怖いとすら感じる。

この姫にしても、地位の割には警戒心がひどく薄く思える。

部屋の外には一応マキアという騎士が待機しているが、今この部屋には二人きりだ。

あの森での近衛隊長の言は正しい。正直、セラスも同感である。

そんなセラスの疑念と混乱が伝わったのか。カトレアが近づいてきて、

「どうされましたの？」

「いえ、その……自分で言うのもなんなのですが、あまりにも私に都合のよいようにことが動きすぎている気がしまして……」

カトレアは長椅子に片膝をのせ、こちらへ身を乗り出すような格好になっている。

セラスは少しだけ後ろへ身を引いて、

「面食らっている、と言いますか……」

「貴方、年はおいくつ？」

今自分が発した疑念への返しではない。が、セラスは素直に答えた。

「七歳です。今年で、八歳になります」

「まあ」

カトレアが目を丸くした。ずい、とさらに顔を寄せてくる。

「貴方、そのお年で受け答えがずいぶんしっかりしていらっしゃるのね？」

「そ、そうでしょうか？　語彙は、その……乱読の賜物《たまもの》かもしれません」

距離的に唾液が飛ぶのを気にしてか。カトレアは口もとを軽く手で覆いつつ尋ねた。

見ようによっては、内緒話をしているようにも見える。

「つまり貴方、読書がお好きなの？」

「そう、ですね」

「このヲレインフィードにも、図書館がありましてよ」

それは——所蔵された本を読めるのなら、嬉《うれ》しい。

「！」

突然、鼻先に指が突きつけられた。

「ようやく、少し表情が柔らかくなりましたわ。本当に本がお好きなのね」

「え、ええ」

カトレアが目を瞑《つぶ》り、小鼻をヒクヒクさせた。そう、ニオイを嗅ぐみたいに。

「薄《うっす》らですが……よい香りがしますわ。春先の風にほんのりまじった、花の淡い香りのような——これ、香水ですの？」

「香水のたぐいは、つけていませんが……」

エルフは体臭の薄い種族とされている。

セラスは腕を上げ、袖から二の腕にかけてニオイを嗅いでみた。

……普段と変わらない気がする。自分の体臭は、自分ではよくわからない。

「ですけど」

「？」

カトレアがにっこり笑って、首を傾《かし》げるセラスの両手を取った。

「ともあれ——寒かったでしょう？　湯浴《ゆあ》みはいかが？」


洗体液を染みこませた布で、身体《からだ》を拭く。

座る椅子に敷かれた布も上質なものだ。

それから——湯の表面から立ち上る湯気。

ここは、先ほどの部屋の奥に設《しつら》えられた姫専用の浴場——そう聞いた。

セラスを寝室の方へやって隠したあと、カトレアは部屋の外のマキアに何か伝えた。
ほどなくして侍女たちがぞろぞろとやって来て、湯を張っていった。
『特殊な古代魔導具のおかげである程度、湯の温かさを保てますのよ』
その魔導具は一般的に普及はしておらず、姫の立場だから使えるものだという。
浴場は寝室と変わらぬほどの広さがあった。
湯船も、自分くらいの体格の者なら三人は入れるだろう。
桶《おけ》に汲《く》んだ湯で泡立った洗体液を洗い流す。
「………………」
ほんのり上気した頬。
そこに張り付いた髪を指で耳の後ろへ流し、正面の鏡を見る。
長い髪を後ろで結い上げた、裸の自分が映っている。
半日ほど前まで肌寒い森の中にいたのに。
今はこうして温かい湯を用意してもらい、身体を清めている。
ちなみに、多くの精霊は清潔な契約者を好むとされる。
そういう意味でも、カトレアの申し出はありがたかった。
精霊たちも喜んでいる。しかし……
(なぜあの方は、私にここまでよくしてくださるのでしょうか……)

聖王にしてもである。
彼があの場であぁ言ってくれなければ――どうなっていたのか。
王と姫が自分を保護する方針を強く示したから、こうしてここにいられるのだ。
〝ネーア聖国を頼るといい〟
誰かに言われたその言葉は多分、正しかった。
ただ〝わからない〟という不安もある。
なぜここまでしてくれるのか？　自分はもしかして騙《だま》されているのだろうか？
何か悪いことが画策されていて、これはその前段階にすぎないのだろうか？
利用される？　何に？
邪念を振り払うように首を振る。
だめだ。いけない。
カトレアはそんな風には見えない――思えない。いや、思いたくない。
信じたい。
こんな風に人を疑いながら生きるのは窮屈だ。
もし――もし人の嘘《うそ》がわかるならどんなにいいか、と思う。
その時、
「失礼しますわ」

「――ッ」

咄嗟《とっさ》に身を縮め、胸元を両手で隠す。

振り向くと、そこには裸体のカトレアがいた。

「カトレア、様」

「あー……女同士とはいえ、ご一緒するのはまずかったかしら？」

「ぁ――いえ、そんなことはっ……」

少し、驚いただけである。それに拒否できる立場でもない。

「貴方が煙のようにどこかへふっと消えてしまわないよう、一応見張っておかねば――という名目で、少し裸のおつき合いをしたいと思いまして」

セラスは、きょとんとした。

「は、はあ……」

ぷっ、とカトレアが吹き出した。

「貴方もちゃんと、そんな間の抜けた顔をするんですのね？」

セラスはサッと頬に熱が灯《とも》るのを感じ、

「も、申し訳ありませんっ」

「いえいえいえ、謝ることなどありませんわ。……それで、ご一緒してよろしい？」

「それは――ええ、もちろんでございます。そもそも、ここはカトレア様のための浴場なのですし……」

「では、失礼して」

言って、カトレアは手に持っていた布を床に敷き——なんと、そこに座った。

お尻をのせて。

「カ、カトレア様っ!?」

ここは、姫専用の浴場である。

椅子が一つしかないのも当然だし、使うのもやはり姫であって当然である。

セラスは狼狽《ろうばい》しつつ、

「失礼をっ——」

そう臀部《でんぶ》を上げ、椅子から立ち上がった。

直後、床に残った洗体液でツルッと足裏が滑った。

すっ転び——そうになるも、かろうじて持ち直す。

転びかけたセラスへ手を伸ばしかけていたカトレアが、目を丸くした。そして、

「まあ、お見事」

口を栗《くり》みたいな形にしたカトレアが、ぱちぱち拍手する。

「……、——」

どんな反応をしたらよいのかわからず、セラスはそのまま固まってしまう。

見ようによっては、ちょっと間抜けな立ち姿のままで。

「まあ、わたくしは床でもよいのですけれど……せっかくだから失礼しますわね」

言って、カトレアは両手で髪を掻《か》き上げながら椅子に座った。

「あの……よろしければ、洗うのをお手伝いいたしましょうか？」

「あら、よろしいんですの？　では、お願いしますわ」

セラスは新しい布に洗体液を染み込ませ、カトレアの身体を洗った。

誰かの身体を洗ったことなどなかったので、これで正しいのかはわからない。

が、カトレアは心地よさそうだったので特に問題はなさそうだ。そう理解する。

そうして桶の湯でカトレアの身体に残った洗体液を流したあと、

「カトレア様……聞いても、よろしいでしょうか？」

「よろしいですけど、それは湯に浸《つ》かってからにしましょう」

二人で浴槽の中に入り、向かい合う形で座る。

「さ、ではご質問をどうぞ？」

手を差し出して促すカトレアに、セラスは目を伏せて尋ねた。

「なぜ……私にこんなにも、よくしてくださるのですか？」

聖王の言葉通りであれば、過去の贖罪《しょくざい》というのが理由なのだろう。

が、カトレアがここまでしてくれるのも——同じ理由なのだろうか？

「そうですわねぇ……動かしてくれたから、かしら」

動かしてくれたから。

それは一体、どういう意味なのだろうか？

「わたくしね、ずっと窮屈でしたの」

カトレアは自分の胸に手を添え、続けた。

「自分の中の時間がずっと止まっているような……これから先も自分はずっとこんな感じのままなのではないか——そんな感覚に、ずっと苛《さいな》まれていたのです。退屈、と言い換えてもよいかもしれません。それが……貴方《あなた》をひと目見た時、自分の中の何かが動いた感じがありましたの。不思議ですわ……あんな感覚は、生まれて初めて」

カトレアがセラスの手を取った。そして目もとを細めて、微笑《ほほえ》んだ。

「それとわたくし——欲しかったのです。きょうだいが」

「きょうだい、ですか」

「ええ。貴方でしたら、妹ですわね」

「妹……」

「ねえ、貴方は——元いたお国に、いつ戻るのです？」

「戻、る……」

いや、戻れない。

なぜ？

…………、

「――――」

そうだ。思い出した。

追放。

「……いえ、戻ることは……叶《かな》いません」

「戻れない？　それは、どういうことですの？」

今思い出した――それは何か、胡散臭《うさんくさ》い気がした。なので、

「実は、これは黙っていて申し訳なかったのですが……私は、追放された身なのです」

「まあ」

「一部の記憶が失われているのも、それと何か関係があるのかもしれません。ですので――」

ふと葛藤と罪悪感を覚え、視線を逸《そ》らす。

「聖王様がおっしゃっていたような、ハイエルフの国との橋渡し役……その期待には――申し訳ありません、応えられないかと」

自分は、何を言っているのだろうか。

わざわざ自分の身を危うくするようなことを。

恐る恐る視線を戻す。すると、カトレアは目を見開いていた。

「つまりそれは……貴方は――ずっと、この国にいられるということですの？」

「え？　え、ええ……そういう解釈も、できるかも……しれませんが」

セラスは面食らった。落胆されると思っていたからだ。

保護されたのは、自分を追放した国との国交回復を期待してではなかったのか？

自分に期待されている役割は、その国との橋渡し役ではなかったのか？

「それは……実に素敵ですわ！」

言って、目を輝かせるカトレア。が、すぐに彼女は訂正するような咳払《せきばら》いをした。

「い、いえ――追放された理由もわからないのに〝素敵ですわ〟は失礼ですわね。ごめんなさい」

「……どうか、お気になさらず。実は……なぜ追放されたのかまでは覚えていないのです。とはいえ……罪を犯したことは、確かなのだと思いますが」

「あら、そうですの」

「そう、なのです」

自分は多分――咎人《とがにん》。

「罪を犯した……でもそれは、貴方のいた国での話でしょう？」

「？」

「わたくし、気にしませんわよ？　それに、どうせ忘れているのなら……考えようによっては、ないものと同じではなくて？」

「カトレア様」

「はい」

「自分で言うのもなんなのですが……どうして私の言葉を、そんなにも信じてくださるのですか？　記憶があったりなかったり……どんな罪を犯して追放されたのかもわからない者など、怪しい以外の何ものでも……」

「誠実だからです」

「え？」

「貴方という人物がわたくしには、とても誠実に映るのです。だから、信じるのです」

「し、しかし……まだ私たちは出会ってから一日すら……」

「この世界に蔓延《はびこ》る嘘つきどもと比べたら、一目瞭然ですわ」

取ったセラスの手を強く握りしめるカトレア。そして、

「この国の姫として生まれたならそれは――子どもだってわかる」

「――――」

この時のカトレアの目。セラスはそれを、少し怖いと思った。

「……ふふ、失礼。少し、怖い方のわたくしが出てしまいましたわね。まあとはいえ、こ

の国の姫として生まれついた者の窮屈さとは、なかなかにひどいものなのです。それこそ兄弟姉妹でもいれば少しは違ったのかもしれません。しかし残念ながら、わたくしは今のところたった一人の聖王直系の子。皆、そんなわたくしに様々な思惑を持って干渉してきますわ。なんというか……今この国は、色んな者の思惑が錯綜《さくそう》しすぎていて――」

吐き捨てるようにカトレアは続けた。

「とても、息苦しい」

なんというか――大人びている。それも、異様なほどに。

これで十歳だという。が、とても十歳の少女とは思えない。

柔らかな雰囲気を取り戻し、カトレアが微笑む。

「ですが……貴方といると不思議とその〝呼吸〟が楽なのです。言うなれば、わたくしにとってのそんな存在に――息継ぎをさせてくれる存在……そして叶うなら、貴方がわたくしにとってのそんな存在になってくれたら――そう思いますの」

つまり、なんでも気兼ねなく話せる相手が欲しい――そういうことなのか。

そういう理由なら――納得できる気も、しなくはない。

（この方《かた》は……押し潰されそうなのかもしれない。これからもこの方は、王直系の唯一の子としての役割を全うし続けなければならない。様々な大人の思惑と、戦いながら）

だとすれば、支えてあげたい。

セラスは、そんな風に思った。

湯浴《ゆあ》みを終えた二人は寝室にいた。

部屋は暖炉のおかげで暖かい。薪が静かにパチパチと音を立てている。

セラスの髪を櫛《くし》で梳《す》きながら、カトレアが言った。

「しかし、精霊術とはすごいものですのね。びっくりですわ」

浴場を出て用意された純白の部屋着に身を包んだあと、セラスはカトレアに精霊の力を披露した。

風の精霊の力で、二人の髪を乾かしたのである。

そのあとセラスの髪をカトレアが櫛で梳く——そんな流れになった。

立場的にセラスの方が梳くべきと思ったのだが、カトレアの要望でこうなった。

セラスは寝室の長椅子に座り、その後ろに立つカトレアが櫛を優しく動かしている。

「ふむふむ……精霊の力を借りると、対価を支払わなければならない。それを払い終えるまで、貴方は深い眠りを取れなくなるんですのね？」

「はい。半覚醒の浅い眠りくらいなら取れますが、ぐっすりとは」

「そんな大事な力を、髪を乾かす程度のことに使ってよかったんですの？」

「カトレア様に精霊の力を知ってもらいたいのもありましたし、このくらいでしたら対価もそう多くありません。ですのでご心配は不要です」

「そういえば……出会った時に背負っていましたけど、貴方は剣も使いますの？」

「それなりに、ですが」

「なら、護衛としても合格ですわね」

そう言って、カトレアはしばらくセラスの髪を梳いていた。

「それにしても――本当に、美しい髪……」

「ありがとう、ございます」

どう反応するのが正解かわからず、とりあえず礼を口にする。

「髪だけではありませんわ。貴方はそのすべてが奇跡のように美しい――しかしそれゆえに、色々と気は配らねばならぬでしょう。エルフはどうかわかりませんが、人間の欲望は時に度を越えて醜いものですから……」

カトレアはセラスの髪の一部を手で掬《すく》い取るようにして触り、鼻先を近づけた。

「――いいニオイ。……安心なさい。貴方はしっかり、このわたくしが守って差し上げますわ。絶対に」

「私も……カトレア様のお役に立てるのなら、喜んでこの身を捧《ささ》げます」

今の自分には寄る辺がない。

目標がなく、目的がない。

〝ネーア聖国に辿《たど》り着く〟

目的は、それだけだった。

元の国に戻る方法もわからない。

何か――生きる意味が、欲しかったのかもしれない。

だから、

「拾っていただいたご恩には報いたいと思っております。ですから……カトレア様の手足として、どうぞ私をお使いください」

くすり、とカトレアが笑みを漏らす。

「手足ではなく――姉妹として、ではだめかしら？」

セラスは少し照れて、細長い睫《まつげ》毛を伏せる。

「カ――カトレア様が、その……そのように、お望みでしたら」

「本当に、可愛《かわい》い子」

カトレアは人間だが、エルフとそう変わらなく思える。

大きな違いといえばせいぜい耳の長さと、精霊に干渉できないくらいか。

今のところ、自分と人間の違いはその程度に感じられる。

そこでセラスはふと、カトレアが黙り込んでいるのに気づいた。

「カトレア様？」

「実は……貴方《あなた》をこの城に連れてきたかった理由は、もう一つあるのです」

カトレアの髪を梳く手は、止まっている。

「――それは、お父様です」

「聖王様、ですか？」

「あの森で貴方と出会った時……お父様に、なんらかの変化がもたらされた。わたくしの知らないお父様……昔はもっと聡明《そうめい》で威厳があられた――グオーツが懐かしんでいたような、わたくしの知らないお父様……」

その言葉の半分くらいはセラスにではなく、自らに言い聞かせているようでもあった。

「この国において今、我がシュトラミウス王家の力はとても弱っているのです」

カトレアの口調は淡々としているが、強い感情が籠もっている。

「お母様が亡くなってからお父様はすっかり弱ってしまって、覇気がなくなり、不摂生が目立つようになり……年々、王としての求心力を失っていったそうですの。わたくしが物心ついた頃には、もうそのような感じで……王の私兵的性格の強かった聖騎士団も、ずっと前に廃止されました。王の権力を弱めるための策謀でしょうね。今、王が所有するのは小規模の近衛《このえ》隊のみ……そして、王に深い忠誠を尽くす兵は少ない。ネーアの戦力は現在、貴族たちがそれぞれに持つ兵力に依《よ》っているのです」

セラスは話を聞きながら、同時に、十歳の少女がそこまで国のあれこれを把握しているのに驚いた。

「ただ……貴方と出会った時の――あんなお父様を見たのは、初めてでしたわ。もしかすると貴方を見たことで、エルフたちへの贖罪《しょくざい》を果たしたい……過去の王たちの後悔を晴らしたい――そんな強い想《おも》いが、湧き上がったのかもしれませんわね。お父様は……何か、生きる意味を欲していたのかもしれない。どうあれ、わたくしはあんなお父様を見て……期待してしまったのです」

櫛が小卓の上に置かれる音。

セラスの両肩に、カトレアの手が置かれた。

「この国での、王家の復権を」

肩に置かれた手に、力が籠もったのがわかった。

「奇跡のような偶然の出会いを果たした貴方の存在が、お父様の……この国の何かを変えるのではないか――そんな期待を、抱いてしまったのですわ」

今、少しだけわかった気がした。

カトレアは今まで、何かを諦めていた。

しかし自分との出会いで聖王と彼女の何かが変わり、再び立ち上がろうとしている。

セラスは、そんな風に感じた。

そしてカトレアは、自分を必要としてくれている。

自分に優しくしてくれた〝誰か〟が、自分の力を必要としてくれている。

ならば、その人のために何かしてあげたい。

力に、なってあげたい。

その人の笑顔のために。

悲しい顔を見たくないから。

笑っていて、欲しいから。

そうだ――自分の〝あり方〟とはきっと、それだった。

誠実な好意を向けてくれた相手には、誠実な好意をもって返す。

そう、ありたい。

（なら、私は――）

「カトレア様、先ほどあなたは姉妹とおっしゃいました」

肩のカトレアの手に、セラスは自分の手を重ねた。

「あなたが望むのでしたら……私は、あなたの剣となりましょう」

「セラス……」

「あなたは寄る辺のない私に手を差しのべてくださいました。そして、信じてくださいました。私も、あなたのその誠実さに応えたいのです。私がどの程度お役に立てるかは、わかりませんが」

言って、セラスは最後に微苦笑を残す。

するとカトレアが――重ねた手に、指を絡めてきた。

互いに、手を握り合う。

「もちろんそれは、嬉《うれ》しいですけれど――」

背後でカトレアが微笑《ほほえ》み、

「姉妹としても、引き続きよろしくお願いしたいですわ」

セラスも自然と、くすりと笑みを漏らす。

そして目を閉じ、緩んだ口もとを深い笑みの形に変えた。

「はい――お任せください」

初めて出会えた人間がこの方でよかった。

保護してくれただけでなく、あやふやだった自分に道を示してくれた。

ならば尽くそう。

自分の力を。この人のために。

この人を、守るために。

〝王はなんだか、最近すっかり人が変わられたようだ〟

このところ、王城内のそこかしこで囁《ささや》かれている話題である。

まず、不摂生がなくなった。

また、周りの者が健康を危ぶむほどだった酒もぴたりと止《や》んだ。

『王にふさわしい振る舞いをせねばならぬ』

オルトラはそう言って、それなりの年齢ながら身体《からだ》まで鍛え始めた。

家臣にほとんど任せきりであった政務も、自らてきぱきこなすようになった。

何より皆が変化を感じたのは受け答えがしゃんとしていることである。

ここ数年はおっとりとした受け答えで、なんだか愚鈍な印象を与えた。

しかし今や、穏やかさこそ残るものの、まさに人が変わったように実に国王然としている。覇気がなくなる以前の王を知る者は、

『我らの王が、ようやくご帰還なされた』

そう感激し、中には涙を滲《にじ》ませる者までいたという。

〝一体、陛下に何があったのか？〟

〝従兄《いとこ》のミシュル公と北西の森に狩りに行ったあたりからでは？〟

何も知らぬ者は、そのくらいしか情報を持っていない。

その狩りで出会ったセラス・アシュレインの存在は、まだ公には明かされていなかった。

が、一部の者は最近カトレアに尽きっきりの仮面の少女のことを知っている。

その少女は耳長――つまり、エルフであった。

〝やはりあの娘が来てからではないか〟

こうも囁かれている。

事情を知る近衛隊長のグオーツや近衛騎士たちは、

『陛下はいにしえの約定を果たされるおつもりなのだ。あのエルフの少女と出会った時、過去の聖王たちの思念が、眠っていた陛下の真のお心を突き動かしたのだ。過去の聖王たちに恥じぬ姿を見せるため、陛下は変わられた。大きな声では言えぬが――あのエルフの少女が、呪いを解いたのだ』

こんな風に理解しているらしかった。

が、実はグオーツがこの結論に達したのにはカトレアが関与している。

王が戻った理由を探そうとするグオーツに、カトレアは解釈の手がかりを与えた。

なので、実際はカトレアが誘導しその結論へ持っていかせたのである。しかしグオーツ本人はそれを、自らが考えて辿り着いた〝真実〟と思い込んでいるらしい。

『人は誰かから突きつけられた真実は疑っても、自ら辿り着いた真実はあまり疑わぬものですわ』

とは、カトレアの言。

まったく十歳の子どもらしからぬ姫君に、セラスは驚かされっぱなしであった。

さて、カトレアのそばにはセラスの他に従騎士のマキアも普段ついている。

城内で〝散歩〟と称しつつ情報収集を行うカトレアを二人で遠巻きに眺めながら、

「あんたには、あれが十歳に見える？」

「いいえ。ご年齢は十歳でも、姫さまの中身はもうすっかり大人でございます」

セラスもカトレアのことを〝姫さま〟と呼ぶようになっていた。

カトレアは今、城内を警備する騎士との会話に興じている。

あれも情報収集の一環なのだという。

それにしても――人の懐に潜り込むのが巧《うま》い。

マキアはしばらく黙ったのち、カトレアに視線を置いたまま口を開いた。

「あの方はね、ああならざるをえなかったのよ。物心ついた頃から、一歩間違えれば自らの身がひどく危うくなるのに気づいていた。おそらくは本能的に。だから無理にでも〝大人〟になるしかなかった。早熟すぎる子どもになるしか、道はなかった。そのくらいこの国において、聖王直系の唯一の子という立場は重い――重要な意味を持つの」

「無理にでも大人になるしか、なかった……」

今聞いた言葉の一部を復唱しながら、セラスは改めてカトレアを見た。

同じく姫の姿に視線をとどめつつ、マキアが言う。

「この国に、姫さまの敵は多い」

「敵、ですか」

「姫さまには、その敵を上回る力を持った味方が必要なの。でも、お父上であられる陛下の力がずっと弱かったから……持てる力には限界があった。だけど、このところは陛下の求心力が急速に戻りつつある。反転の好機なのよ、今は」

「ええ」

セラスはマキアの方を向き、微笑みを浮かべた。

「あなたは――その姫さまの味方、なのですね？」

「ありがとうございます」

「は？」

「あなたのような方が姫さまの味方でいてくださるのを、今、私はとても嬉しく思いました」

不意打ちをくらったみたいに、マキアが頬を淡く染めた。そして、目を逸《そ》らした。

「ン……ま、まあ……私なりに守ってはいたつもり、だけどね。でも、私がおそばに仕えている期間はまだせいぜい一年に満たないくらいよ？　だから、今まで無事だったのは姫さま自身の力が大きいわ」

「それでもこの一年ほどは、姫さまの味方としておそばにいてくださいました」

「……それはまあ、事実だけど」

「聞けば、マキア様は高名な騎士を輩出している家の出とか」

「といっても……私は元々、家では出来損ない扱いだったんだけどね」

マキアは、己の過去を手短に語った。

ある時期から年を重ねても見た目がほとんど成長しなくなったせいで、騎士としては見映えがしないと言われていたこと。

どんなに剣や魔素操作の腕を磨こうと、その見た目のせいで軽んじられていたこと。

そのような見た目では夫探しも大変だろう――そう嘲笑されていたこと。

それでも、騎士になる夢を諦め切れなかったこと。

そしてある日、カトレアに見初められて騎士になれたこと。

夢の騎士になれたはいいが〝所詮は姫の気まぐれでなれただけのお飾りの騎士だろう〟と嘲りを受けたこと。

ある時、大陸でも数少ない詠唱呪文の使い手として覚醒したこと。

詠唱呪文の使い手になった途端、家の者や周囲の態度が恐ろしいくらい逆転したこと
……。

「この話で大事なのは――」

「マキア様が詠唱呪文の使い手として覚醒される前に、姫さまがマキア様を見出《みいだ》したこと

……でしょうか？」

ふん、とマキアが腕を組む。

「わかってるじゃないの」

マキアは目を細め、カトレアを見つめた。眩《まぶ》しいものでも見るみたいに。

「だからこそ、この身を捧《ささ》げる価値のある方《かた》なの」

「ええ……私も、そう思います」

腕を組むマキアの右手の中指には、指輪が嵌《は》まっている。

それが、詠唱呪文を発動させる魔導具なのだという。

「…………」

「？　あの……マキア様？」

マキアが腕組みをしたまま、横目でセラスをジトーッと睨《にら》んでいる。

彼女の小さな唇は、むすっと可愛《かわい》らしく尖《とが》っていた。

「その……な、何か……？」

しばしセラスを軽く睨んだあと、マキアはため息をついた。諦めたみたいに。

「正直言うとね……最初の数日は、嫉妬心もなかったわけではないの。姫さまの腹心的な自分の立ち位置を、あんたに取られるんじゃないかと思って」

「そう、なのでしたか」

どう返せばよいかわからず、なんだか変な言い方になってしまった。

マキアは肩を竦《すく》めた。

「けど――ここしばらく見ていて、あんたも味方の一人として大事な人物だってのがわかったわ。グオーツ様が言うように、よからぬ企《たくら》みを持つ誰かの刺客説も当初は捨てきれなかったけど……あの警戒心の強い姫さまが信じるというなら、その線もないと思うし。ただ……」

「はい」

「もし姫さまを裏切ったら――私は、あんたを許さない」

「ご安心ください。私が姫さまを裏切ることで得る益など……何一つ、ありませんから」

何かを見定めるように、またセラスをジーッと見据えるマキア。そして、

「それがもし演技なんだったら、あんた、劇役者に鞍替《くらが》えした方がいいわね」

「お褒めいただき、光栄です――マキア殿」

「…………」

マキアは無言で、顔の向きをカトレアの方へ戻した。数拍あって、

「あぁ、もうっ」

自分の髪を、両脇から左右の手でわしゃわしゃと掻《か》きむしるマキア。

「調子狂うわね、あんたって。あとね！　あんたもよ!?」

ビシィッ！

指先をセラスの方へ、斜め上に突きつけてくるマキア。

「？」

「姫さまも年齢に似合わない大人ぶりだけど、あんたもそれで七歳ってちょっと無理があるでしょ!?　落ち着きすぎ！　それこそ私が七歳の頃、どんなだったと思う!?」

▽

人々の話題には、姫に付き従う仮面のエルフの話もよくのぼる。

曰《いわ》く、仮面をつけているのは顔に深い傷を負っているから。

あるいは、ひどい火傷《やけど》の痕を隠すため。そう言う者もいる。

そしてこれは、カトレアが流した偽の情報が人づてに広まった結果であった。

「いずれセラスの美貌はお披露目するつもりですけれど、少々、危惧していることがありますの。準備が整うまでは、仮面の従者でいてくださいな」

カトレアをセラスは信じている。なので、言う通りにしていた。

そんな仮面のエルフはそれほど人前に姿を現さない。

が、あまり部屋に籠もっていても精神衛生上よくないであろう――そんなカトレアの気遣いによって、城内に限っては比較的自由に歩き回るのを許されている。

また、カトレアに付いて馬車で城の外へ出かけることもあった。とはいえ、今のところはカトレアかマキナ、もしくはカトレアが信頼を置く誰かが随伴してではあるが。

仮面をつける意味について、カトレアはこうも言っていた。

「顔を出していると、別の意味で自由がなくなるかもしれませんから」

カトレアがそう言うのであれば、今はやはりつけていた方がよいのだろう。

また、ネーアの姫は風変わりなことで有名だという。

だから〝お付き〟のエルフの少女に仮面をつけさせていても、

〝また姫さまの妙な遊びが始まった〟

城内では少なくとも、そんな程度にしか思われていないようだった。

「日頃から周りに対して適度な〝奇行〟を見せておくと、一国の姫らしからぬ行為をしても〝いつものことだ〟と思われて違和感を打ち消しやすくなるのですわ。この違和感を覚えにくくさせるというのは、意外と大事なことですのよ？　たとえば——まさに、こういう時に」

とは、本人談。

さて——その仮面を被《かぶ》ったり被らなかったりのセラスは普段、何をしているのか。

彼女の時間の多くはまず、学びと鍛錬に費やされた。

今のこちらの世界についての知識はほとんどない。

名も思い出せぬ元いた国にあった本。そこから古い知識は得ていた。

しかしずっと昔の本だったので、その知識が通用する範囲は狭い。

それに、未知の本に出会えるのがセラスには嬉《うれ》しかった。

最初は城内の王室書庫を使わせてもらった。

入室には王族の許可が必要なため、一人の時間を過ごすにはむしろ都合がよい。

セラスはひたすらに文字と戯れた。

その中で、優先すべき本をカトレアが選んでくれた。

また、彼女は王室書庫にはない本をどこかから持ってきてセラスに与えた。

自分のちっぽけな世界が広がっていく感覚。

これだ、とセラスは自らの内に溢《あふ》れる喜びに震えた。

マキアなどは「あんたってまるで、本の虫ね」と呆《あき》れていたが。

普通、貴族の娘たちの多くは他のことに熱を上げるという。読まれてもせいぜい美貌の王族や貴族、騎士、異国の旅人などが登場する色恋中心の劇物語がほとんどだとか。

読書の時間は静かだったが、たまにオルトラが訪ねてくることがあった。

許可も何も彼はこの国の王である。当然、入室に誰の許可もいらない。

最初、セラスは王を差し置いて読書に耽《ふけ》るなど不敬極まりない——そう感じ、読書をや

めようとした。だがオルトラは、

「いや、すまぬ。そなたの読書を邪魔するつもりはないのだ。どうか余のことは気にせず読書を続けてくれ。余も周囲が騒がしい身……たまにこの静かな書庫に来て、その騒がしさから離れたくなる日もあってな」

それに、と彼は苦笑した。

「決してそなたの読書の邪魔をしないよう、カトレアから強く言い含められておる。娘の逆鱗《げきりん》に触れるのは、避けたい」

最近わかってきたことだが、力強い威厳に満ちた聖王も娘にはすっかり弱いらしい。

読書の間、オルトラも少し離れた椅子に座って本を手にしていた。

ただ――たまに確認すると、あまり熱心に本を読んでいるようには見えなかった。

やはり、読書よりは静かな場所を求めていたのかもしれない。

疲労の溜《た》まっている日もあるのか、オルトラが眠っていることもあった。

そんな時、セラスはカトレアが用意してくれた薄手の毛布をそっとかけてやった。

のちに起きてそれに気づいたオルトラは、

『そなたはなんと慈愛に溢れた優しい子か……そなたのためにも、余はより良き王にならねばならんな』

と、いたく感激していた。

さて——高めるのは、知識だけではない。

セラスは剣の稽古にも力を注いだ。

稽古にはカトレアが何人かの師を抜擢《ばってき》してくれた。

最初は選ばれた師たちも姫の暇つぶしか何か——お遊戯の一環と思っていたらしい。

しかし刃引きした剣を数合交わしただけで、気づく者は気づいた。

師の一人は休憩時間に汗を拭い、こう言った。

「えらいものを見つけてきましたな、姫さま……なるほど、そばに置いておきたくなるのもわかります。あれは——天性のものでしょう」

セラスも様々な剣の型に出会うことができた。人によって剣筋は違う。

師たちの剣もなまくらではなかった。

カトレアの抜擢だけあって剣の腕は確かであり、技倆《ぎりょう》でセラスを上回る者もいた。

ただしこのあと、一年もするとセラスはそんな彼らの技倆も追い抜くのだが。

術式の方はというと——あまり芳しくはなかった。

エルフは元来、術式に必要となる魔素操作は苦手である。

魔素の吸収量、そして練り込んだ魔素の貯蔵量も低い。

術式はものにならぬと判断し、その分を剣や弓に割り当てることにした。

「やはりエルフの本領は、精霊術なのですわね」

その精霊たちだが、セラスの成長に比例して彼らの力も成長していた。

たとえば、光の精霊の力で自分の外見に少し変化を起こせるようになった。

カトレアは精霊術について、こう話した。

「精霊の力ですが、明かすものと秘密にするものにわけましょう。エルフですから精霊術を使えること自体を隠すのはむしろ不自然。なのでこちらの奥の手になりそうな力は隠し、そうでないものを〝披露用〟にする――これでいきますわ」

セラスは一つ、気になったことを尋ねてみた。

「この大陸に、他にエルフはいるのですか？」

「滅多に姿は見せませんわね。人里離れた場所に集落を形成して生活しているようですが――過去のこともあって、人間との接触を強く忌避しているようです。ダークエルフはまだ人との交流を持つようですけど……ネーアでは、滅多に見ませんわね」

エルフについては、セラスも個人的に本で調べたり、人に聞いたりしていた。

この大陸には獣人系の亜人も住むようだ。が、あまり扱いがよい印象は持たなかった。

人間中心の社会が形成されている――そんな印象。

「ダークエルフは、特に禁忌の魔女がアライオンを追われてからあまり姿を見なくなったと聞きますわね」

アライオン王国とは、ネーアの北東に位置する大国である。

この国で特筆すべき点はやはり、神族を擁している点だろう。

アライオンにはヴィシスと呼ばれる女神がいる。

神族——この大陸の守り神とも呼ばれる存在。

この大陸では、根源なる邪悪と呼ばれる災害的存在が数百年置きに現れるとされる。

ただし実際は次の出現まで十数年のこともあれば、千年現れないこともあるとか。

予測がつかないという点では、まさに災害と言っていい。

女神はその根源なる邪悪とその軍勢に対抗すべく、異界より勇者と呼ばれる者たちを召喚する。

根源なる邪悪は、この大陸に住む人々の力を奪うという。

しかし、異界の勇者だけは力を奪われない。さらには女神から特別な力も与えられる。

この勇者を召喚する女神は、まさに世界の守り神と言える。

神族についてもセラスは知っていたが、元いた国の本にはあまり詳しく書かれていなかった。

(神族……本当に、いるのですね)

どんな姿をし、どんな話し方や振る舞いをするのだろう。

少し、興味があった。

が、その女神はここ十年ほど公にあまり姿を現していないという。公の場に出てこなくなったのがちょうどカトレアが生まれた頃なので、彼女も会ったことはないそうだ。

「城の地下に潜っているとか、地下遺跡へ向かう姿を見たとか……そんな目撃談もあるようですわ。ウルザ南の森林地帯で目撃された、なんて話もありますけど。きっと、人知の及ばぬお忙しい何かがあるのでしょう」

「その災害的邪悪に対抗するには、とても長い下準備が必要なのかもしれませんね。たとえば勇者召喚の儀にも。そしてそれは神族以外の者が手伝えるような作業ではない。となれば、遥《はる》かに長い一人きりの作業期間が必要となる……それほど懸命にこの大陸の者を守ろうと注力しているのなら——まさに、世界の守護者と言えると思います」

一度、会ってみたいとも思う。

人々の平和を守るため、一人コツコツと災害的邪悪と戦う準備を行う女神。

きっと、素晴らしい神なのだろう。

光が降り注ぐ城の中庭で二人がそんな話をしていると、
近習たちを連れたオルトラが、中庭にやって来た。

「あら？」

今や外見もすっかり見違えた。

肥満気味だった身体《からだ》は引き締まり、でっぷり出ていた腹も引っ込んでいる。

さすがに年齢は隠せぬが、生気という意味では若々しさすら取り戻していた。

中身もずいぶん変わった――カトレアはそう評していた。

『きっと、貴方《あなた》のおかげですわね』

自分は中身については以前の王を知らない。せいぜい、伝え聞く程度だ。

が、自分がよい変化をもたらすことができたのならそれはよいことだと思った。

オルトラが付き従う近習たちを下がらせる。

彼は後ろに手を回し、にこにこしながら近づいてきた。

「二人とも相変わらず、仲がよいのぅ」

「お父様」

セラスの方は膝をつき、こうべを垂れる。

「我が王」

「うむ――立って顔を上げてよいぞ、セラス」

「はい」

腰を上げ、カトレアの隣に並び立つ。

オルトラはあごひげを撫《な》で、満足そうに微笑《ほほえ》んだ。

「おまえたちは今や、本物の姉妹のようだ。しかもこれほど美しい姉妹を娘に持つとは
……余はこの世で一番の果報者であるな」

「お父様もすっかり、セラスがお気に入りのようで」

「む――まさか妬《や》いておるのか、カトレアよ？」

オルトラが歩み寄ってきて、カトレアの頭を撫でた。

「安心するがよい。余の血を分けた娘は、まがうことなくこの世にそなた一人……それは変わらぬ事実。そういう意味で、おまえとセラスは違う――まったくな。ほれカトレア、多忙な聖王に元気を分けておくれ」

オルトラがしゃがみ込み、両手を広げた。

カトレアが父に抱きつく。

「いつもお疲れさま、お父様。これからもどうかよき王であってくださいませ。ただ、どうかご無理だけはなさらぬように」

「うむ……そなたの気遣いに感謝するぞ、カトレア。もっとずっと、このネーアをおまえたちの暮らしやすい国にしてみせよう」

カトレアが離れる。オルトラは身体の向きを変え、

「さ、セラスも」

「お父様」

切って捨てるように、カトレアがぴしゃりと言った。

そして唇を尖《とが》らせ、むす、と父を半眼で睨《にら》みつける。

「妬いていたわたくしのご機嫌を取ったかと思えば、早速それですの？」

「ほっほっほっ、冗談じゃっ」

両膝に手を置き、ゆったり腰を上げるオルトラ。

「まったく……娘がこれほど嫉妬深いのを、喜んでよいやら、悲しむべきやら。父親冥利には尽きるが、独り身の男としては厄介でもあるな」

「お父様、お年を考えてくださいませ」

「ほっほっほっ、何を言うか。余はまだまだ若いぞ。そうであろう、セラス？」

「は、はい――我が王はまだまだ、お若くあらせられます」

「ほれ、セラスはよくわかってくれておる」

ふむ、とオルトラは目を細めてあごに手をやった。

「どうだ、二人とも？　これから余と茶にでも興じぬか？　それと、セラスは焼き菓子が好きなのだろう？　実は、一級の職人を呼んで作らせた菓子もあるのだ」

この国に来てふんわり甘い焼き菓子を食べた時、セラスは仰天した。

こんな美味《おい》しいものがこの世にあったのか、と。

その時、

「…………」

「姫さま？」

父を見るカトレアの目が――何か。

たとえばそう……何か、違和感を覚えているような……。

いや、とセラスは思い直す。

気のせいだろう。改めて見れば、いつものカトレアだ。

「ご一緒しますわ、お父様。ね、セラス？」

「は、はい」

「おぉ、そうかそうか。では、ゆこう」

こうしてセラスは、王と姫と一緒に優雅なお茶の時間を過ごした。

そして、焼き菓子を食べた時の反応はしばらくカトレアに弄《いじ》られた。

とても面白いものが見られましたわ、と。

□

月日が流れた。

この間に起こった大きな変化の一つ――

それはやはり、聖王に強い影響力が戻ってきたことであろう。

規模の小さかった近衛《このえ》隊は、近衛騎士団に改められた。

これによりその規模は増し、質も向上した。

引き続き近衛隊長から騎士団長となったグオーツも、より精力的に王に尽くすようになった。

それに伴い、王の発言力も高まった。国民の人気も王に集まり始めている。

家臣たちの顔ぶれもやや変わった。

また、よからぬ手段で私腹を肥やしすぎた貴族はその一部が罰せられた。

聖王とその周りの変化を、民は歓迎した。

さて、もう一つの大きな変化といえば――

〝ハイエルフの国の姫君セラス・アシュレイン〟

この名が大きく国内に知られるようになったことである。

しかしカトレアは――本人談によれば――いわゆるセラスの〝お披露目〟で一つの大きな失敗を犯した。

想定が甘かった。

彼女はそう語った。

その言葉は、どこか自分を責めるような響きを含んでいた。

では、何が起こったのか？

セラスはその時、十歳になっていた。

そんなある日の夜会にて――

姫の従者である仮面のエルフが、その素顔を晒《さら》したのである。

ちなみにこの先に語られることは、セラス自身の体験に加え、彼女がのちに伝え聞いた話が組み込まれたものである。

△

〝ここにいるセラス・アシュレインは、かつて我がネーアと親交のあったハイエルフの国の姫君である〟

カトレアは、セラスのことをそう紹介した。

そして今やセラスは自分のよき理解者であり、大事な友である――そう伝えた。

彼女はさる事情があり故郷の国へ戻れない。ゆえに、三年前に保護した。

三年は彼女を見極める期間。

結果、カトレアは彼女を深く信頼するようになった。

カトレアの方も、この三年で彼女の深い信頼を得た。

今後セラスはこのネーアに生きる者の一人として、正式に姫に仕えることとなる。

そしてカトレアは、それ以上多くを語らなかった。

〝ハイエルフの国の姫君を迎え入れる〟

夜会に参加した貴族たちにも、これは衝撃だったようだ。中には、

〝ハイエルフの国の話など、おとぎ話だろう？〟

そう信じている者も多くいる。

そもそもエルフは人前にほとんど姿を見せない。ただでさえ物珍しい存在である。

注目が集まるのも、衝撃を受けるのも無理はない。

それは予期していた、とカトレアはのちに語った。

ただし、

「――――」

皆、唖然《あぜん》としていた。

時が止まったかのような――いや、それは本当に時が止まったと錯覚しかねない時間だった。数回、手の中の銀杯が床に落ち、注がれた酒のこぼれる音がした。

やがて――

「……なんと、美しい」「可憐《かれん》、だ……あまりにも」「まるで……この世に生を受けた、花の精のような……」「奇跡でも目の当たりにしているのか、私は……」「素敵……見て？あんな綺麗《きれい》なものが、生きて呼吸をしているわ……」

彼らが受けた衝撃は〝ハイエルフの姫君〟に対してではなかった。

そう、セラスの持つ神話的とも言うべき美貌。

彼らはそれに極大の衝撃を受けたのである。
なぜか——万雷の拍手が、巻き起こった。
最初に誰かが呆《ほう》けた顔で拍手を始めたかと思えば、続々と倣う者が出た。
夜会用のドレスに身を包んだセラスは、激しく戸惑っていた。
あまりの戸惑いに、立ち尽くしていた。
忘却し、どこかに置き忘れていた感覚が急速に逆流してきたような気分。
助けを求めるように彼女はカトレアを見た。
カトレアも——目を丸くしていた。
あんな彼女の顔を見るのは、最初に出会った時以来だった。
「しまった」
カトレアが、呟《つぶや》いた。ぽろっと漏れ出たみたいに。
大広間を占拠する雄叫《おたけ》びにも似た喝采。
そして、可動域を奪うように人垣が迫ってくる。
人の波が包囲——そう、セラスはまさに包囲されるような感覚に包まれていた。
波の中から勢いよく人の手が飛び出してくる。セラスは、反射的に身を引いた。
マキアが壁となって間に入り、突き飛ばされるのが見えた。
咄嗟《とっさ》に彼女を助け起こしに行こうとするセラス。

しかしすぐにマキアの姿は人の波に飲まれ、見えなくなった。
誰も、倒れた彼女の方を見ていない。
「姫、さま」
セラスは恐怖に震える声で、救出を懇願するようにカトレアの名を呼んだ。
実は、殺到する貴族たちはセラスの手前で一応足を止めていた。
のだが、セラスにはそのまま自分を押し潰してくるように感じられたのである。
その時——乾いた音が、鳴った。
カトレアが、セラスに触れかけた貴族の手を強く払いのけたのである。
「なんと野蛮な！　それが、貴族たる者の振る舞いですか!?」
それは、セラスも初めて聞く鋭い調子だった。
しかし——カトレアの声は、あっけなく人々の興奮の渦に飲み込まれてしまった。
手を払いのけられた男だけが唯一青ざめ、萎縮して人の波の奥へ消えていく……。
カトレアはセラスを腕で抱き寄せ、守るように自分の後ろへ立たせた。
騎士たちは人の波に外へ押しやられている。
何か——異様な空気だった。
足が震える。怖い。
刹那——

「やめんか！」


会場の大広間に、大喝が響き渡った。

これが誰の声であるかは、ここにいる者なら誰もが知っている。

しかも。

声の主のこれほどの激怒には、さしもの貴族たちも驚愕《きょうがく》に動きを止めるしかなかった。

そう、激怒の主は聖王オルトラであった。

実は、彼は夜会へ顔を出すのが予定より遅れていた。

カトレアにはこれも誤算の一つだったと言える。

王と近衛騎士らの不在が、貴族らのタガを外してしまったのかもしれない。

さて――最近は威厳を取り戻した王だが、ここまで怒鳴ることはなかった。

いや、これほどの怒号が飛んだのは初めてと言っても過言ではあるまい。

陛下はこんな大きな声を出せたのか――そう驚いた者も多かったはずである。

王の激怒ぶりは、彼らの熱を急速に冷ましたようだ。

どれほど彼らを驚かせたかというと、王の激昂《げきこう》した様子に令嬢の何人かが青くなり、思わず、その場にすとんと尻餅をついてしまうほどだった。

ずかずかと大股で人の波に迫るオルトラ。

その目はさながら、視線だけで人を射殺さんばかりの怒気を放っている。

人の波が自然と左右に分かれ、引いていく。

王には、近衛騎士団長のグオーツと四名の近衛騎士が続いた。

オルトラが足を止める。

彼の眼前には、カトレアに抱きかかえられたセラスがいた。

王は、今度は心配で死んでしまいそうな顔になった。

「大丈夫か、セラスっ」

ようやく酸素を得たように、ひと息つくカトレア。

「──ええ。助かりましたわ、お父様」

言ってから、カトレアが眉根を寄せた。何か違和感を覚えたみたいに。

しかし──彼女はすぐに表情を戻し、セラスに呼びかけた。

「ええっと、セラス……大丈夫？」

「え──あ、はい……」

オルトラが膝をつき、視線を下げる。彼の視線は、ずっとセラスに固定されていた。

「あの無法者たちに、何もされなかったか？」

ようやく目の焦点が合ってきたセラスが、ゆっくりオルトラを見上げる。

「はい……姫さまとマキア様が、守ってくださいましたので……」

「そうか」

ようやくオルトラがホッとした表情を見せる。

「カトレアとマキアには、感謝せねばならぬな……」

彼は胸を撫《な》で下ろし、深い安堵《あんど》の息を吐いた。

「はい、我が王。姫さま……ありがとうございます」

「…………」

「姫さま？」

「……、――ええ、どういたしまして」

セラスの視界の端で、マキアが女近衛《このえ》騎士の手を借りて立ち上がるのが見えた。

どうやら、その騎士に肩を借りねばまともに立ち上がれないようだ。

どうも突き飛ばされて転んだ際、足首を捻《ひね》ってしまったらしい。

と、その時――オルトラが不思議な反応をした。

自身に注がれる無数の視線に、今気づいたとでも言うような。

我に返ったと言ってもよい反応。

いや、激怒していたのだからそんな反応になるのは自然とも言える。

セラスはなぜ自分がその反応を不思議と思ったのか、わからなかった。

オルトラが大きく息を吐き出し、立ち上がる。

そして身体《からだ》ごと振り向き、恐れと困惑に顔を染める貴族たちに言った。

「この広間の尋常でない空気に、余も少し動揺してしまったようだ。今のような激昂は王としてはいかんな……すまぬ。しかし……この子はかつて我が国と親交のあったハイエルフの国との架け橋となるかもしれぬ存在。それをこのような……せっかく与えられた贖罪《しょくざい》の機会を水泡に帰すつもりか？　そなたらは、我々がエルフたちにした仕打ちを改めて学ぶとよい」

オルトラは肩越しにセラスたちの方を見て、

「彼らエルフの持つ美しさも、まさに我々と彼らを断ずる一因となった——そう伝わっておる。そして、非は我々の側にあった。我々はその事実を肝に銘じねばならん。我々はエルフの信頼を得、さらには愛されるようにならねばならぬ。欲望に屈し暴走するのが人間と思われては、我らと彼らはまたも分かたれるだけだ」

それは——現聖王としては、尤《もっと》もな言葉であった。

過去の人間たちの行ったエルフたちへの仕打ち。

王はその贖罪のため、あのハイエルフの娘を保護したのだから。

この場に居合わせた貴族たちはそう強く理解した。

そしてあのエルフに無礼を働けば、たちまち王の激しい怒りを買うことも。

一方、聖王のその贖罪への強い気持ちや誠実さは人々の好感を買った。

夜会のあと、ようやく落ち着きを取り戻したセラスは、カトレアと第二私室にいた。

今やすっかりセラスの私室と化したこの部屋は、二人きりの時間を過ごす大事な場所でもあり、また、セラスにとってこの国の中で最も気の休まる場所でもあった。

カトレアは謝罪のあと、今後の方針について提案した。

セラスは今夜の一件で貴族——特に、男のことが苦手になった。

また、カトレアも男に対して嫌悪感を抱くようになった。

実際はそこまで嫌悪があったかというと、そうでもない。

しかし恐怖を覚えたのは事実だった。あながち、間違ってもいない。

「ゆえに貴方《あなた》は公の場に姿を見せるのを怖がっている。だから公の場には滅多に姿を現さなくなった——こうしましょう」

ああいう場に出るのは決して得意ではない。

特に、今日のようなことがあっては余計に気後れしてしまう。

だからセラスにとっても、それはありがたい提案と言えた。

「かしこまりました」

「この話は、お父様も賛成してくださるはずですわ」

確信に近い言い方だった。

「しかし姫さま……私がこの夜会に出席するのには、何か姫さまなりの狙いがあったのでは？」

そう、カトレアは何か意図があってセラスの素顔を披露した。

内実までは聞かされていなかったが、これはセラスも事前に知っていた。

だから協力する意気込みで夜会に出席し、公の場で仮面を外したのだ。

「ええ。でも……まだ備えができていませんでした。わたくしの目算が甘かった——そういうことです。本来なら、貴方を守れるだけの備えが必要だった。より強力な備えが」

寝具の上で向き合ったまま、セラスは面を伏せた。

「……申し訳ございません」

「あら？　なぜ謝るの？」

「本来なら、私が姫さまをお守りせねばならぬ立場なのに……」

「いいのよ」

セラスを優しく抱擁するカトレア。

「貴方はわたくしを守る。そして、わたくしも貴方を守る——違くて？」

カトレアを緩く抱き返す。そして、目を閉じる。

姫さまのニオイ——とても、落ち着く……。

この人の力になりたい。

そう思ってこの三年間、生きてきた。
そして、これからもずっと仕えたい。
自分のことより、この人の方が大事だ。
そう、二の次でいい——自分のことなど。
自分が何かを被ることがこの人の願望の成就に繋《つな》がるのなら、それでいい。
きっと、それでいい。
カトレアの首筋に顔を密着させたまま、セラスは言った。
「はい……その通りです、姫さま」

◇【カトレア・シュトラミウス】◇

その夜、カトレアは第二私室に泊まってセラスと寝具を共にしていた。

部屋の灯《あか》りは落としてある。城内の者も今はほとんど寝静まっているだろう。

室内は暗く、静寂に満ちていた。

セラスを見る。

今日の夜会もあって心身共に疲れ果てたのだろう。

静かな寝息を立て、すぐ隣でぐっすりと眠っている。

いつも思うが、

(眠る姿まで可憐《かれん》ですわね、貴方は)

横にした顔を枕にのせ、その小さな顔の前には緩く握ったこぶしが置いてあった。

これだけでもう画《え》になる。眼福と言える。

この国で唯一セラス・アシュレインと同衾《どうきん》できるのも、姫たる自分の特権であろう。

セラスから視線を外し、仰向《あおむ》けになる。

(毎日見ているから、おそらく感性が麻痺《まひ》していたのですわ。これは素顔を知るマキアや一部のわたくしに近しい者も同じ……迂闊《うかつ》でしたわね)

三年前、あの冬の森で初めて出会った時を思い出す。

初めて見る者は、あの衝撃に襲われるのだ。

魅入られて歯止めが効かなくなっても、仕方あるまい。

しかもこの三年で、セラスはますますその美しさに磨きをかけている。

そこに、カトレア肝入りのあのドレスである。

初めて目にする者に与える感動——衝撃は、あの森で出会った時よりはるかに強かったはずだ。

色香の方はまだ育っていない。

が、これもあと数年すればとんでもないことになる気がする。

再びカトレアは、セラスを見た。

(魔性——ですわね)

それも、とびきりの。

その魔性を帯びた美しさは、外見だけにとどまらない。それも恐ろしい。

なんというかセラスは——魂の形が、美しい。

外見の美しい者はこの世にたくさんいる。

しかし——あの森で受けた衝撃は、そこに神々しさに似た何かを感じたゆえのもの。

外見のみに依《よ》るものではなかったはず。

少なくとも、今のカトレアはそう理解している。

人の姿には滲《にじ》み出るものがある。
端的に言えば〝中身〟と呼ばれるもの。
似た容姿を持つ双子の例がわかりやすいだろうか？
片方の性格――中身が悪く、もう片方の中身がよいのなら。
中身のよい方が魅力的に映る。同じ容姿をしているのにだ。
その〝中身〟とは、同じ時間を共有するほど鮮明に浮き上がってくる。
暴かれたその中身の美しい者のみが、真の美しさを獲得できる。
これが、カトレアの信じる世の真理の一つ。
そしてカトレアにはその中身――魂の形を見極める感性が備わっていた。
そう、セラス・アシュレインは魂の形も含めて美しい。
が――とびきりに美しい、すぎる。
(突出しすぎた美は、人を狂わせてしまう)
ゆえに、魔性。
もちろんセラスに非はない。
むしろ彼女の魂の形は、カトレアにとって心から好ましいものだ。
しかしだからこそ守ってあげなくてはならない。
カトレアは手を天井の方へのばし、こぶしを握りしめる。

（――力が、必要ですわ）

もっと、大きな力が。

今夜の一件でよくわかった。

果たして、あのまま父が現れなかったらどうなっていたのか。

が、父の力頼りは他力本願でしかない。

そして父の持つ力を自分が思うように動かすには、限界がある。

（それに……）

カトレアは、今日の夜会での父を思い出す。

（……お父様は――）

今日のことで、確信を得た気がした。

こうなると、非常に繊細な舵取《かじと》りが必要となる。

ここで、聖王という立場の父を排除するわけにはいかない。

聖王唯一の直系の娘という立場。これは、維持せねばならない。

であれば、王としての父の影響力を弱めるような方向は当面避けたい。

王の力が増したことで、他の野心に溢《あふ》れた出しゃばりの貴族たちがようやく最近おとなしくなってきているのだ。

父はセラスのことには敏感だ。異様なほどに。だから、セラスにこのことを伝えるのは、まだやめておこう。

生真面目な子だ。下手に態度に出て、父が違和感を覚えるのはまずい。

そこから今の父が崩れて、予定より早く王としての力を失ってしまいかねない。

「ん……」

セラスが、小さく声を漏らした。

カトレアは横を向き、起こさぬようそっとセラスの髪を撫《な》でる。

(やはり……わたくしの指示を強く守り、わたくしのために動く組織が必要ですわね……)

そう、
王よりも姫に忠誠を誓う力ある者たちが。

□

セラス・アシュレインが初めて公に素顔を晒《さら》した日以降、その夜会のことは語り草となった。

国内だけではない。

噂《うわさ》を聞きつけ、他国からも是非一度お目通り願いたいと申し出る者が現れた。
これにはすべて、
〝彼女が男性への恐怖を克服するまでは、どうかお待ちを〟
そうカトレアが返し、断りを入れた。
〝その娘に会ってみたい〟
オルトラの兄貴分を気取っていたミシュル公爵からのその申し出も、却下された。
今やミシュル公爵も、オルトラには気軽に口をきけなくなっている。
何よりオルトラが、男を極力セラスに近づけぬよう注意深く取り計らっていた。
少しやりすぎな気もしたが、カトレアにとっては都合がよかった。
一夜だけ奇跡の美を目撃できたあの日。
あの夜会に参加した者の多くは、その時の体験を何度も自慢げに語った。
そしてその夜はしばらくの間、ネーアでこう呼ばれるようになった。
〝奇跡の夜〟――と。

4．ネーアの姫騎士

〝カトレア・シュトラミウスの第二私室〟
かつてこの部屋は、そう呼ばれていた。
が、今そこはカトレアの従騎士セラス・アシュレインの私室となっている。
ネーアの夏はカラッとしていて湿気が少ない。
特に、王都は夏もすごしやすいことで有名である。
セラスは、城の三階の窓から城下を眺めていた。
夏風が窓掛けをふわりと揺らす。
薄い窓掛けが、撫でるようにセラスの白い肌の上を滑り、また元の位置へ戻る。
――リン、リン……リン――
部屋の扉に備えつけられた訪問を伝えるための鈴。
二人で決めた鳴らし方。
「どうぞ」
扉が開き、仕える主《あるじ》が姿を現した。
「おはよう。今日も暑いですわね、セラス」
すでに身体《からだ》の正面をそちらへ向けていたセラスは、微笑《ほほえ》んで応える。

「はい、姫さま」

この時、カトレア・シュトラミウスは十八歳。

セラス・アシュレインは、十五歳になっていた。

□

ネーアでは、満十五歳から騎士になることができる。

別段、十五で必ず騎士にならねばならないわけではない。

が、セラスは騎士となれるこの日を待ち望んでいた。

もちろん、それがカトレアの望みの一つだからである。

新年祭の翌日には、例年通り叙任式が執り行われた。

今年も貴族の息子たちを中心に新たな騎士が生まれた。

その中でも列席者の注目を集めたのは——やはり、セラス・アシュレインである。

今は仮面こそつけなくなったが、代わりに公の場では薄手のベールで顔を隠すようになっていた。

また、叙任の儀はセラスに限ってのみカトレアが行った。
二人の関係は誰もが知るところである。なので、特に違和感を覚える者もいなかった。
〝おそらくは聖王の、親としての粋な取り計らいであろう〟
皆が抱いた感想は、せいぜいそのようなものだっただろう。
すぐそばで聖王が立ち会っているので、これを非公式の叙任とみる列席者もいない。
さて――この叙任式は、ひときわ特別なものであったと言える。
さすがに叙任式でもベールを被《かぶ》ったまま、ともいかない。
そう、公の場でセラスが素顔を晒すのはあの奇跡の夜以来だった。
誰もが息を呑《の》み、その時を待っていた。
そしていざベールが外れると、列席者は別の意味で息を呑むことになった。
式のあと、
〝あの時は衝撃のあまり、呼吸ができなかった〟
〝まるで、神話のひと幕を目にしているかのようだった〟
〝奇跡の夜の件は何を大げさなと思っていたが……今なら、わからなくもない〟
そんなことを口にする者も多かった。
そう、あれから五年――
セラス・アシュレインの美しさの成長に歯止めがかかることはなかった。

むしろ、加速していた。

少女性もなりを潜めつつある反面、昨今はいよいよ大人の雰囲気を獲得しつつある。

それはまず顔立ちが証明していた。

愛らしさは引っ込み始めており、綺麗《きれい》さの方が前面へ出てきている。

身体つきの凹凸もはっきりしてきた。

胸もずいぶん大きくなったし、腰のくびれや形のよい臀部《でんぶ》はその主張をより強くしていた。白い太ももにも、健康的ながら何か妖しい魅了性が宿り始めている。

とにかくその魅力に関して、セラスの成長はとどまるところを知らなかった。

またこの式では、カトレアたっての頼みでセラスは精式霊装《せいしきれいそう》を披露した。

精式霊装を身につけたセラスに、列席者はまたも胸の昂揚《こうよう》を覚えたという。

それほど人々の心を揺さぶっても、今回は奇跡の夜のような騒ぎは起こらなかった。

マキアを筆頭に、カトレアに近しい騎士、加え、聖王の近衛《このえ》騎士が厳重に周囲を固めているためである。あの奇跡の夜の一件を知る者なら、その厳重さも頷《うなず》けよう。

ゆえに、そこにもやはり違和感を覚える者は少なかった。

叙任式は、無事終わった。

こうして正式に騎士の称号を得たハイエルフの国の元姫君は、マキアと同じく、改めて従騎士としてカトレアに仕えることとなったのである。

そして、この日よりセラス・アシュレインは〝ネーアの姫騎士〟と呼ばれるようになった。

▽

馬車の中で、セラスは振動に揺られていた。

去年辺りから、王都の外へ出る機会も増えてきている。

これは、カトレアの周りに彼女自身に仕える騎士が増えたためであろう。

あの奇跡の夜の一件があったあと、カトレアは聖王に〝自分の従騎士を増やしたい〟と願い出た。

聖王もあの一件には危惧を抱いていたようで、すんなり認めてくれたという。

〝従騎士の選定はカトレアの自由にしてよい〟

そこについても、聖王は認めてくれた。

オルトラが出した条件はただ一つ。

〝ただし従騎士は、同性に限る〟

そのため、騎乗し馬車の周りを固めているのは女騎士のみである。

ちなみに今回マキアは王都に居残っている。彼女は、やれる範囲でカトレアの代理としてあれやこれやをこなしていた。そういう部分でも、マキアの存在は大きい。

おかげでこうして遠出もできるのですわ、とカトレアは感謝していた。

「姫さま」

窓の外で馬を駆る騎士を見ながら、セラスは対面の座席に腰をおろすカトレアに言った。

「再三になりますが……やはり私だけ馬車の中というのは、どうなのでしょうか」

「ふふ。馬車の中でわたくしを守る者も必要ですし、退屈を紛らわせる話し相手も必要ですわ。これもまた、再三になりますけれど」

「今日は日差しも強いです。適度に交代してもよいのではありませんか？」

「とんでもない」

ぬう、と窓から覗《のぞ》く視界が塞がれた。

正しくは、窓のすぐ横に巨体の女騎士が馬をつけた。

「セラス様のその美しい肌にもし日焼けなどさせてしまっては、これはもう姫さまへの——いえ、ひいてはネーアへの反逆罪になりますので」

言って、女騎士は不敵に笑んだ。口端に健康的な白い歯が覗いている。

「ルダ、それはさすがに言いすぎかと」

セラスは女騎士の名を呼んでそう言い、苦笑した。

ニーディス伯爵家の娘エスメラルダ・ニーディス。

あの奇跡の夜のあと、最初にカトレアが勧誘したのが彼女だった。

緑の瞳に、力強さを感じさせる鋭角な眉。引き締まった口もと。

後頭部と側面を短く刈り込んだ黄土色の髪。

中でも特筆すべきは、やはりその体格であろう。

2ラータル（2メートル）に迫るその背丈と、がっしりした肩幅。

そこに鍛え上げた筋肉――そこらの下手な男よりも、威圧感がある。

しかしこのエスメラルダは、当時ニーディス家で不遇をかこっていた。

ネーアにおいて女騎士は少ない。

特に、貴族の娘は他の貴族の家へ嫁に出されるのが常である。

だがエスメラルダは、そのエラの張った骨格もあってか、決して美人と呼べる部類ではない――そう評されていた。

身体つきにしても〝むしろ男を萎縮させてしまうくらいだ〟と言われていた。

彼女もそんな自身をよくわかっていて、将来は騎士になろうと決めていた。

が、両親からは反対されていた。

それでも、彼女は諦めなかった。

十五になった時には一度、騎士の試験を受けた。

推薦のなかった者は、この試験の成績で騎士の称号を得る機会を与えられる。

試験を受けられるのは貴族に限るが、ここで適格と判断されれば叙任される。

術式の成績はそこそこ。一方、剣技や乗馬は確かな手応えがあった。

努力が実った。そう思った。

けれど――試験は不合格。

来年も試験を受けよう。努力不足だったのだ。まだまだ、これから。

そう自らを奮い立たせるエスメラルダに、両親は無慈悲にこう言い放った。

〝いい加減わかってくれ、ルダ。おまえには華がない。むしろ逆だ。騎士団に入ったとして、陰でどんな風に言われるか目に見えている。きっと笑い者になる。家の恥になる。やめてくれ。後生だから〟

こんなことを毎日のように言われ続け――ある日、ついに心が折れてしまった。

騎士の道は閉ざされた。

では、何になれというのか？

嫁としての貰《もら》い手《て》も絶望的なこの外見で。

なら、農作業や酪農にでも精を出そうか？

それだって〝貴族にふさわしくない〟とかなんとか言って、家の者は反対する。

家を離れるのはだめだそうだ。だから、家を出て傭兵《ようへい》なんて道も許されない。

屋敷でおとなしくしていてくれ？

そんなに自分を、人の目に触れさせたくないのか。

何をしても恥？　自分は、存在自体が恥なのか？

なら、私はなんなのだ？

なんのために、生まれてきたのだ？

そんな失意の日々を送っていた時、訪ねてきたのがカトレアだった。

ニーディス家は大騒ぎだった。

姫が、あのエスメラルダを従騎士にしたいと言うのである。

最初、エスメラルダは変わり者の姫による何か悪い戯れなのではないかと思った。

でも、すぐにそうでないことがわかった。

カトレアは試験の結果を洗い直し、その上で勧誘に来たのだという。

『貴方《あなた》は素晴らしいものをお持ちですわ。不合格にした者の節穴ぶりを怒るべきか、はたまた、そのおかげでこうしてわたくしの騎士として召し上げる機会を得られたのを、喜ぶべきか——複雑ですわね』

『失礼ながら姫さま……自分は、あなたの周りに立つ騎士にふさわしい外見をしておりません。それこそ例のハイエルフの姫君とは、天と地ほどの差があります。そんな自分に一体、なんのご冗談ですか？』

希望を抱きかけるも、疑念の方が上回っていた。それが自然だ。

こんな上手《うま》い話、あるわけがない。

が、カトレアは真摯な面持ちでこう答えた。

『いいえ、わたくしには貴方こそが必要なのです』

曰《いわ》く、体格のよい頑健な女騎士が欲しいという。

試験の内容からして実力は申し分ない。

貴族の生まれだから礼節もわきまえている。こうして話していればわかる——と。

『理想的ですわ』

さらに、

『貴方のような人材がこんな日のあたらないところで埃《ほこり》を被っているなど、もったいないことこの上なしです。まったく……この家の者といい、まったく見る目のない者ばかりですわね。このような宝が、眠っているというのに』

それと、と姫は言い足した。

『その貴方の碧眼《へきがん》……わたくし、とても綺麗だと思いますわよ？』

エスメラルダは——気づけば、泣いていた。

腕に目もとを埋《うず》め、息が詰まるほどの嗚咽《おえつ》を漏らした。

嬉《うれ》しくて。

そして、決めた。

この方に仕えよう。
これは姫の気まぐれで、いずれ飽きられ捨てられるのかもしれない。
でも、なぜだろう。
信じてみたい。
そう、思った。
そんな彼女の過去を、セラスはエスメラルダから聞いていた。
〝信じてみたいと思った〟
そうなのである。
そんな風に思わせる、何か魔力のようなものがカトレアにはある。
その魔力に魅入られたエスメラルダが従騎士になってから、もう五年ほどが経《た》つ。
今では同じカトレアに仕える身として、剣の稽古を共にする仲である。
ルダとお呼びください、と最初に彼女から言われた。
その呼び方の方が、しっくりくるのだという。
騎士の試験に合格しても、そう呼んでもらおうと決めていたそうだ。
また、年下の自分にも〝お仕えした年月で言えば目上ですので〟と敬語を使う。
ちなみに初めは〝ルダ殿〟と呼んでいた。が、本人の希望で〝殿〟はなしになった。
見た目は確かに男勝りに映るのかもしれない。

しかしその立ち居振る舞いは、礼節を重んじる立派な騎士の姿そのものだった。

セラスはすぐに、彼女に好感を抱いた。

また、他の騎士たちもエスメラルダと同じく試験に落ちた貴族の女たちだった。

彼女たちはいわゆる下級貴族にあたる出の者たち――そうカトレアに教えられた。

ネーアの軍隊は基本的に男社会と言える。女の比率はかなり少ない。

カトレアは勧誘に赴く前に、

『女だからと不当な評価をされるのは、この国の力の象徴たる騎士社会がほとんど男で構成されているから――それもありますわね。それは、近衛《このえ》騎士団の男女比率にも如実に表れていますわ。まあ、大貴族たちを筆頭に〝男は誉れ高き騎士たるべし！　女はその誉れ高き騎士の妻となり、家を守るべし！〟……こういう旧態依然とした思想が、いまだこの国では根強いのです。ですのでこの国においては、わたくしの周りが特殊なのです』

こう言って、手に入れた試験の採点内容の紙束に視線を走らせていた。

『あらあら……比較的容姿に優れた令嬢だけが合格しているのも、闇が深いですわねー……まるで、あの野蛮な夜会が起こったことの答え合わせをしているかのようですわー……』

他にも、爵位の高い家の者も合格者に入っていた。

つまり――生身の実力で評価されていない。

これにはセラスも内心、憤りを覚えた。

ひと通り目を通し終えたカトレアは、

『うーん、そしてやはり合否結果と採点内容がところどころ合いませんわねぇ。ふふ、試験官の方《ほう》は真面目に採点をやっていたのが幸いでしたわ。でなければ、この食い違いはおそらく見抜けませんでしたから』

カトレアの目は、歓喜に満ちていた。そして言った。

『宝の山です』

馬車が目指しているのは、王都から少し行ったウイン侯爵領だという。

盆地の中に建物の集まった都市を見渡す土地。

そこに建つ屋敷が、今回の目的地だった。

カトレアは今回の訪問をウイン家の主《あるじ》に伝えていないそうだ。

なので、到着しても出迎えはなかった。

というか——馬車は屋敷の手前を素通りし、その近くにある林道に入った。

林道を抜けると、その先にも屋敷が建っていた。

こちらは、先ほど目にした屋敷と比べると大分小さな屋敷である。

その屋敷の前で馬車が停止したので、セラスはベールを被《かぶ》り顔を覆った。

カトレアと共に馬車から降りる。そして、セラスたちは薄汚れた門をくぐった。

と、玄関の扉へ向かう途中、花壇の花に水をやっている者の姿を見つける。

小綺麗《こぎれい》な格好をした細身の女。背を向けているので、顔は見えない。

カトレアがその女に呼びかけた。

「ごきげんよう」

声をかけられた女が、花壇の前でくるりと振り返る。

すると——険のある形相が現れた。

憎しみすら感じさせる眼光。

女は長い紫髪を三つ編みにし、それを後頭部から尻尾のように後ろへ垂らしていた。

背は、カトレアとちょうど同じくらいか。

「帰れ！　てめぇと話すことなんざ、なんもねぇんだよ！」

見た目に似合わぬ、粗暴な口調。

「ひどい言い草ですわね、ドロシー」

「うるっせぇ！」

虫でも追っ払うみたいに、ドロシーと呼ばれた女は勢いよく腕を振った。

「さっさと失《う》せやがれ！　顔も見たくねぇよ！」

「………」

「聞こえてんのかぁ、ごらぁ!?」

肩を怒らせ、ドロシーがどかどか近づいてくる。

セラスは一応すぐ動けるよう身構える。エスメラルダも、剣の柄《つか》に手をかけた。

あの怒りぶりは、普通に考えれば尋常な様子ではない。

カトレアと互いに顔を突き合わす距離で、ドロシーが立ち止まった。

一触即発の空気が、場に流れる。

次の瞬間、

「――もぉおお！　遅いじゃありませんかぁ、姫さまぁあ！」

途端にドスのきいた声から一転、甘い声音に変じたドロシーが、カトレアに抱きついた。

「まったく……初めて会う人がいる場では、いまだにこれをやらずにはいられませんのね」

「だってぇ、面白いんですものぉ。だめぇ？」

あんなに憎悪的だった険しさは、一瞬で消え去っていた。

セラスは緊張を解く。

（違和感はありましたが……なるほど、芝居だったのですね）

ドロシーに抱き締められたまま、カトレアが振り返った。

「紹介しますわ。彼女は、ドロシー・ウイン。聞いての通りウイン家の娘ですわ」

カトレアの肩越しにドロシーがセラスたちを見て、

「どもー、ウイン家の問題児ドロシーちゃんでーっす。以後、お見知りおきを」

困惑を引きずりつつエスメラルダが問う。

「姫さま、あの……今のは？」

「ああ、貴方は彼女を知りませんでしたわね。まあ、他の者はやはり知っていたようですけれど。これは、この子の趣味の一環なのですわ。少々悪趣味な方向性で人を驚かせるのが好きな子でして。それに付き合ってやらないと貴方、すぐ拗《す》ねますものね？」

「すいやしぇーん」

てへ、と可愛《かわい》らしく片目を瞑《つぶ》って舌を出すドロシー。

外見だけでは物静かな美人と見えるだけに、その仕草も妙な落差がある。

「それで——婚約破棄ですって？」

「そうなのですよぉ。だってだってぇ、あんまりにも未来の旦那様のこれが色々な意味でしょぼくてですねぇ……もうこの先、ずっとあれで満足しろなんて至極勘弁でごぜぇますよぉぉ……およよぉ……」

「？」

セラスは首を傾《かし》げた。

話しながら、ドロシーが乗馬でもするみたいな姿勢で前後に腰を振っている。

何をしているのだろう？

背後の騎士たちはというと――視線を逸《そ》らし、中には咳払《せきばら》いしている者もいた。

「その姿がびっくりするほど滑稽でぇ……もう絶対耐えられなくて、ケタケタ笑ってしまったのですよ。そしたら、ついにはお相手様が泣き出してしまったのですぅ。まー先方の家としてもあてくしに対して積もり積もったものがあったんでしょうねぇ。相手方のご両親からも『いい加減、もう我慢ならない！　こんな女との婚約などこちらから願い下げだ！』と、匙《さじ》を投げられてしまったのです。そうしてかわいそうなドロシーちゃんは実家に突き返されたのですが、おとーさまがもう、大っ変にお怒りになりまして。そしたらこの通り蟄居《ちっきょ》ですよ、蟄居……いや――外を歩き回る自由くらいは、許されていますがね？」

「事情はわかりましたが、下品な話題はなるべく慎むように。わたくしはともかく、セラスやエスメラルダはうぶなのですから」

「あー、すいやせーん……、――ん？　セラス？　セラス、セラス……ん？　あ、よく見ると耳長……ってことは、まさかあなた様が……例の、奇跡の夜の……？」

「ええ、そうですわ」

目を輝かせて両手を打ち鳴らすドロシー。

「わーすごい！　あー……そりゃあお顔も隠しますよねぇ。こんな辺鄙《へんぴ》なところに、大変なお方がいらした。てか、ハイエルフ初めて見たー。はーしかしこれは失礼をば……このわたくしめのご無礼、どうか寛大な心でお許しくだせぇ。どうか、どうか」

一国の姫より、その従騎士に対しての方がへりくだっている……。

しかしカトレアに気にした様子はない。彼女は取り澄ました微笑を浮かべながら、

「彼女とは幼少の頃から仲がよかったのですが……ずっと昔にドロシーは、家の取り決めでウルザの貴族の息子と婚約したのです。その関係で彼女は五歳の頃からほとんどウルザで過ごしていました。たまに会ってはいたのですが、ここ五年は文通のみでしたわ。それがまあ――今のような事情があって、このたびネーアに舞い戻ってきたわけです」

ドロシーが、指を二本立てて笑顔になった。

「凱旋《がいせん》～♪」

「凱旋？　貴方《あなた》にとって、婚約破棄は勝利ですの？」

ドロシーがどんより肩を落とす。

「じゃ、遁走《とんそう》～……」

「………」

なんと、いうか。

なかなか個性の強い人物らしい……。

しかし、この時期にカトレアがここまで足を運んだということは――

「姫さま」

セラスは問う。

「つまり今日は、この方を？」

「ええ、そういうことですわ」

ドロシーが不思議そうに、カトレアとセラスに視線を行ったり来たりさせる。

「ドロシー、貴方を我が従騎士にと思いまして」

人差し指と親指の間にあごを乗せ、半眼で微笑《ほほえ》むドロシー。

「ほほぅ？　このドロシーちゃんをこのご一行のお仲間に？　そんなことをして、よろしいので？」

「いくつかのおふざけに目を瞑れば、貴方は優秀な人間ですもの。何より――」

カトレアは思いっきり、自分の胸の中にドロシーの顔を抱き寄せた。

「わたくしが信頼の置ける人物――それが、近くに置く者を選ぶにあたり今最も重要視される要素ですので」

「うぉぉ……成長しても、あんまり埋《うず》めがいのない姫さまのおムネぇ……」

普通に考えれば不敬も不敬な物言いに、しかし、カトレアは怒ったりしなかった。

「力を貸してくださる、ドロシー？」

「…………」

すっ、とドロシーが顔を上げる。

と――彼女は途端、淑女然とした微笑みを浮かべた。

異性なら、なお吸い込まれてしまいそうな魅力的な笑み――、……

今は姿勢もたおやかで、深窓の令嬢と言われれば誰もが信じるであろう。

そう、本来なら彼女の第一印象から受ける中身にはこちらの方が合致する。

「その役目――ありがたく承りましょう、姫さま」

「ありがとう、ドロシー」

そして――にひ、と再びドロシーの表情は崩れた。

「まー蟄居は嫌ですのでねぇ。それに王都にいた方が面白そうですし。てわけで――」

ドロシーはカトレアの背後のセラスたちに向かって、片目を瞑って見せた。

「今後ともよろしくお願げーしますぜ、お嬢様がた♪」

□

そこで〝彼〟が眉根を寄せた。

「……ん？　ドロシー？　魔防《まぼう》の白城《はくじょう》の辺りで、アイングランツってのを倒したあと……その名前を、ネーアの女王さまの幕舎の中で聞いたような……？」

外見の特徴も一致する気がする、と彼は言った。

「はい。私も覚えています。あの時、マキアを呼ぶよう姫さまに言われたのがドロシーです」

「……あの聖騎士、そんなキャラだったのか」

ドロシーは、外と内を見事に使い分ける。

そういう意味では、少し彼と似ているかもしれない。

「ていうか、その頃はまだ聖騎士団はなかったんだな」

「かつてはあったのですが、王の権力が弱まる中で廃止されてしまったのです」

「なるほど……そこからセラスが、聖騎士団長に駆け上がっていくわけか」

「私が団長でいられたのも……周りの皆のおかげです」

セラスはしみじみとして、微笑を浮かべた。

「だからこそ皆の期待に応えたかったのです――聖騎士団長として」

▽

ドロシーの勧誘に成功し、王都へ戻るその帰り道。

再びセラスは馬車の中でカトレアと二人きりになっていた。

ドロシーは自分の家の馬に乗って、外でルダや他の騎士と話し込んでいる。

カトレアが問う。

「あんな子だけど、上手《うま》くやれそう？」

「ええ、そこまで苦手という印象はありません。何より、姫さまが選んだ方ですから」

「最初のドロシーの戯れの演技……貴方がそこまで過剰反応しなかったのはやはり、嘘《うそ》だとわかったから？」

「――はい、そうなります」

なるほど、とカトレアが背もたれに体重を預ける。

「先月獲得したその〝嘘を見抜く力〟……やはり、とんでもない代物ですわね」

そう、セラスの成長と共にその内に宿す精霊も成長を見せていた。

風の精霊の成長により、セラスは相手の嘘を見抜けるようになった。

最初にあったのは違和感だった。その正体を確かめようとシルフィグゼアに呼びかけると、新たな力を得たと思念が返ってきた。

このシルフィグゼアにもう嘘は通じぬ――と。

嘘を見抜く力のことはカトレアにだけ伝えた。

そしてカトレアの力を借り、本当に嘘が見抜けるのか他の従騎士の協力を得て検証してみた。

結果、セラスは確かに相手の言葉から真偽を見抜く力を得ていたのである。

ちなみに騎士たちは何かに協力しているのは承知していたが、能力のことは今も知らない。なので、嘘を見抜く力について知る者はセラスとカトレアの二人だけである。

その方が何かと都合がよい――カトレアはそう言っていた。

カトレアが窓掛けをずらし、窓の外に広がる平原を眺めた。

「おかげで――前から考えていたことを大分、前倒しにできそうですわ」

「私の力が姫さまのお役に立てるのでしたら、光栄です」

「……貴方との出会い。それが、わたくしのすべてを変えた。感謝しています」

「いいえ。感謝しているのは私の方こそです、姫さま」

「本当に……よい子ね、貴方は」

それからしばらくの間、カトレアは無言で風景を眺めていた。

物思いに耽《ふけ》るような顔をしている。もしくは、疲れが出たのか。

こういう時、セラスはそっとしておくと決めている。

それに、彼女とのこういう沈黙の時間は苦にならない。

夏なので外の気温は高い。が、馬車の中は少しだけ涼しい。

氷の精霊の力によるものだ。

こんなことに対価を払うのはもったいない。カトレアはそう言う。

が、彼女に少しでも快適に過ごしてもらう方がセラスには大事だった。

どうせ精式霊装《せいしきれいそう》などと比べれば、問題にならぬ程度の対価量でもある。

「セラス、貴方はさっき感謝していると言ったけれど――」

不意に、沈黙していたカトレアが口を開いた。

「お父様のことはどう思っていますの？」

「もちろん今でも恩義を感じていますし、尊敬しております。王としても立派な方だと思います」

「ふふ、お父様が聞いたら喜ぶでしょうね。ただ、正式にネーアの騎士となった今は、これまで以上に王との距離は意識する必要がありますわよ？」

オルトラとは〝礼節ある距離〟を取るよう、カトレアから言われている。

あの奇跡の夜と呼ばれる日の辺りからだろうか。

七歳の頃――城の中庭でのことが、セラスは引っかかっていた。

あの時、娘を抱きしめたあとオルトラはセラスにも抱擁を頼んだ。

だが、カトレアはそれを止めた。その時オルトラは、こう苦笑していた。

『まったく……娘がこれほど嫉妬深いのを、喜んでよいやら、悲しむべきやら』

セラスは、実はその時のことを今でも気に留めていた。

聖王とあまり親しくしすぎると、カトレアを悲しませるのかもしれない。

父親を取られるのではないか――父を愛す娘なら、そんな危惧を抱くのも無理からぬことだろう。何よりあの時のカトレアは十歳なのだ。

父の愛を欲すのは自然なことだし、オルトラはこの世でたった一人の肉親なのである。

――自分が入り込んでよい領域ではない。

そこは、親と子の聖域なのだ。

だからセラスは、オルトラと会う時は極力カトレアと一緒に会うようにしていた。

カトレアもそれを望んでいるようだった。

オルトラには大恩を感じているし、尊敬の念を抱いているのは嘘ではない。

立派な王だと思うのも本心である。

が、セラスにとってはカトレアが誰より大事な人だった。

(この方を悲しませるようなことだけは、したくない)

「ご安心くださいませ姫さま。我が王は私をあなたの姉妹のように扱ってくださいますが、私はあくまで、他国から流れ着いた一介の騎士にすぎません。今後はより騎士としての立場を意識し、我が王に――そして、あなたに仕えたく思っています」

カトレアが口もとを軽く引き締め、目を閉じた。まるで、何かに耐えるように。

あるいはそれは、自分を責めているようにも見えた。

やがてカトレアは目を開き、

「ありがとう」

そして視線を窓の方へやってから、

「それから、ごめんなさい」

「？」

今、なぜ謝られたのだろうか？

本心からの感謝と謝罪だったのは、わかる。

真偽を判定できる力は確かにすごい。

が、それでもわからないことは――たくさんある。

◇【カトレア・シュトラミウス】◇

カトレアは一人、自室の机で書き物をしていた。

長い間マキアに動いてもらい、水面下にて準備を整えてもらっていた。

積み重なった紙束。そこに記された情報はとてもよくまとめられている。

さすがはマキア・ルノーフィア。

最近は共にいる時間を減らしてそちらに注力してもらっていたが、地道な作業を文句一つ言わず黙々とこなしてくれた。

彼女には心から感謝せねばなるまい。

そして――マキアと同じくらい重要なのは、やはりセラスの存在。

彼女の嘘を見抜く力は予定をかなり早めてくれた。

従騎士探しという名目で、候補者にはすでにある程度の目処《めど》をつけてある。

地固めもほぼ済んだ。

機は熟した――そう言っていい。


「いよいよですわね」

カトレアは筆を止め、灯《あか》りを落とした。

◇【セラス・アシュレイン】◇

ドロシーを仲間に加えた日——その翌日。

カトレアがオルトラに、聖騎士団の復活を願い出た。

王の私兵としての近衛《このえ》騎士団は今もその規模を拡大させている。

かつての聖騎士団。その役割は今や、近衛騎士団が担っていた。

元聖騎士団員は高齢で引退した者もいるし、各地の貴族に私兵として雇われた者もいる。

中には王都に残った者もいるが、彼らは今やすっかり近衛騎士団に腰を据えていた。

ゆえに現在、ネーアにおいて聖騎士団を復活させようという機運はないに等しかった。

「ふむ……その聖騎士団を、おまえの私兵的組織として復活させたい——と？」

「ご存じの通り聖騎士団は元々王家の象徴でもありました。わたくしが私兵的にその騎士団を持てば、我が王家の権威をより高めることができます」

「なるほど、理屈は通っておるな。最近はおまえの従騎士もずいぶん数が増えてきたようだし……正式な騎士団としてまとめるのも、悪くないのかもしれぬ」

「聖騎士団長には、セラスを据えようかと」

「セラスを、か」

オルトラの目が、カトレアの斜め後ろに控えるセラスを見つめる。

「今は武具庫に眠っている聖騎士団長の装具も、きっと似合うと思いますわ」

「それは……ふむ……」

セラスの足先から頭までを、オルトラの視線が巡る。

「聖騎士団長ともなれば、名のある貴族といえどおいそれとセラスに手を出せなくなります。場合によっては王家の名を汚すことにもなるのですから。一歩間違えれば、反逆罪ですわ」

「む……」

「セラスを守るという意味でも、団長に据えるのは妙案と思っておりますの。どうかしら？　お父様はいかがお考えです？」

「そうだな……おまえの言う通りかもしれぬ」

オルトラがセラスへ、チラと視線を送る。

「セラスの美しさ――魅力は、日に日に増しておるゆえな。余もそれは毎日のように実感しておる。うむ……従騎士程度の立場では、確かによからぬ考えを抱く者をもはや抑えきれぬかもしれぬ……」

「セラスにしても、今まで以上に王家への忠誠を深められると思うのです。確かに他国の姫君だった者を聖騎士団長に任命する――そこが引っかかる者もいるでしょう。しかし上位にはちゃんと近衛騎士団があります。ですから、国内への示しはつきますわ。それに、他国に対しては彼女がいたハイリングスとの繋《つな》がりがある——そういう牽制にもなるかと。ハッタリではありますが」

「そうだな……この大陸七国の中で、我がネーアは最も小さな国……しかしその背後に秘蔵のハイリングスがいると匂わせられれば……また少し、扱いも変わってくるのかもしれぬ……」

「他国も力をつけてきておりますわ。マグナルでは白狼王《はくろうおう》の弟〝黒狼《こくろう》〟ソギュード・シグムスの率いる白狼《はくろう》騎士団が、より強力になってきていると評判ですし……ヨナトの殲滅聖《せんめつせい》勢《せい》には今も人が集まっていて、聖女や四恭聖《しきょうせい》の声望も日に日に高まっています。ミラの輝煌戦団《きこうせんだん》もその名が各国に轟《とどろ》いている……ウルザは——魔戦騎士団はともかく、竜殺《ドラゴンスレイヤー》しの存在はどの国もやはり意識しているでしょう。アライオンは十三騎兵隊も擁していますし、何より勇者を召喚できる女神がいます」

どの国も名のある豪傑や、人々の印象に強く残る組織がある。

「しかし我が国には、他国を威圧できるだけの組織がありません。もちろん近衛騎士団は強力ですが、どうにも大貴族たちへの求心力に乏しい。つまり、ネーアは一つにまとまり切れていない印象があります」

「……事実であろうな。余も尽力はしているつもりだが……いかんせん、一部の大貴族たちを野放図につけあがらせてきたツケが、今も払い切れておらぬ……かつての余の怠慢が原因なだけに、耳の痛い話ではあるが」

「さらには――隣国バクオスの〝人類最強〟シビト・ガートランド」

その時オルトラの身体《からだ》が、ビクッと跳ねた。

彼の顔に汗が滲《にじ》み出てくる。目がカッと開き、口もとがプルプル震えていた。

「……お父様？」

オルトラは椅子に座り直し、汗ばんだ額に手をやって息を吐いた。

「……いや、なんでもない。そう、だな……その男の冗談じみた逸話は当然、余の耳にも届いておる……恐ろしい話だ……」

「シビトが現れたことで、黒竜騎士団はもはや大陸最強になったと言ってもよいでしょう」

「なるほど……確かに、我がネーアにも対抗できるだけの組織が必要であろう……」

「実戦力という意味では、このまま近衛騎士団を拡大していけばよいでしょう。しかし、我が国にもそろそろ強い名を持つ何かが必要な時期だと思うのです」

「それで――ネーア聖騎士団の復活、か」

「先ほど話したように、セラスを聖騎士団長に据えることでハイリングスとのつながりを匂わせることもできます。公の場で、セラスが団長としてお父様の知恵を拝借する機会も増えましょう。まさにそれこそ、人々の目にはハイリングスと我が王家が手を取り合う姿と映るでしょう」

「……う、む」

「そしてもう一度言いますけれど、これは国内外の魔の手からセラスを守るためでもあるのです――いかがでしょう、お父様？」

まるで、外堀を埋めていくようなカトレアの〝進言〟であった。

実に短い黙考の直後、オルトラはこの提案を受け入れた。


城内――修練場。

今日は、暑さに加えて日差しが強かった。珍しく湿気も多い。

修練場の端にある日よけの下で、セラスは訓練用の剣を壁に立てかけた。口をつけた水筒を壁際に設置された長椅子の上に置く。と、

「セラス様」

エスメラルダが布を差し出してくれる。

「ありがとうございます、ルダ」

布で汗を拭う。一方、ルダは豪快に革の水筒の中身を飲み干した。

彼女は「ぷはぁっ」と腕であごの汗を拭ったあと、

「しかし……セラス様の剣技には誰も敵《かな》いませんね。さっき見たドロシー様の技量も素晴らしかったですがやはりセラス様には及ばず、と」

エスメラルダはどうもそれが嬉《うれ》しいようだ。

ドロシーは今、他の従騎士と剣を打ち合わせている。エスメラルダはそれを眺め、

「セラス様との手合わせの時は感じませんでしたが、こうして見るとドロシー様と他の騎士との力量差は相当なものです。なるほど、姫さまが欲しがるのもわかる気がします」

先ほどセラスはドロシーと初めての手合わせをした。

彼女の剣はいわば、変幻自在の型。癖の強い独特の剣筋をしている。

「ドロシー殿の剣はとても勉強になりました。あなたとの手合わせも、自分より体格の大きな相手と打ち合う時のよい練習になっています」

エスメラルダが、ふっ、と笑む。

「どうしました？」

「いえ……あなたのような方が私にそのように気さくであり続けてくれるのが、なんだか不思議なような——そう、それこそ夢のような気がしまして。時々、今でも自分が夢の中にいるんじゃないかと思う時があるのです。まさか自分のような者が、こうして姫さまやあなたのおそばで騎士として剣を振るえる日がくるなど……想像もつきませんでした」

郷愁に浸るような目で訓練に励む騎士たちを見つめるエスメラルダ。ただ、おそらくそ

の目にはもっと別のものが映っている。彼女は今、過去の自分を見つめているのだろう。

「ルダ……自分のような者が、などと自分を卑下するものではありません。あなたは姫さまに選ばれた者なのですよ？　それに、あなたがそんな風では選んだ姫さまへの侮辱にもなってしまいます」

ふっ、と目を閉じてエスメラルダはまた微笑《ほほえ》んだ。

「おっしゃるとおりです」

実際、エスメラルダが従騎士に加わった影響は大きかった。

彼女はそこらの男の騎士より大柄である。

移動する時に一緒にいるだけで、以前よりセラスへ干渉を試みる者が少なくなった。

カトレア、セラス、マキア。

この三人だけではあまりにも〝少女の集まり〟すぎた。

エスメラルダが加わったあと、カトレアはそう語った。

他の従騎士にしても威圧感という意味ではまるで弱い、とも。

『護衛には本来、そもそも寄せ付けぬ——そんな圧があった方がよいのですわ』

実戦となれば今のセラスにはお手のものである。

が、手軽に剣を抜ける状況ばかりでもない。

そういう時、エスメラルダが同行してくれると心強かった。

明らかにその場にいる――特に野蛮な男たちは萎縮する。

「私も、あなたのことを頼りにしています」

「嬉しいことです」

並び立つ二人には今や、強い絆《きずな》が生まれていた。

と、エスメラルダが視線を前へ向けたまま言った。

「自分に求められている役割は、承知しているつもりです」

「ルダ――」

「いえ、私はそれが嬉しいのです。この大柄な身体が――このいかつい顔が、大切な方々の役に立つことが。今の私は、この身体と顔が自慢です」

セラスは、庇《ひさし》の向こうに広がる夏の青空を見上げる。そして言った。

「ここはよき場所で、よき人がいます。私はあなたたちが――ここが、好きです」

だから、この場所を守りたい。

そう強く思う。


聖騎士団の復活を願い出たその翌日から、早速カトレアは動き始めた。

騎士団の本部を置く予定の建物。

その一室に、四名の従騎士が集められた。

セラス、マキア、エスメラルダ、ドロシー。

カトレアは姫が座るには無骨すぎる椅子に座り、皆に説明を行った。

ひとまずの説明がひと区切りしたあと、ドロシーが言った。

「聖騎士団の復活、ねぇ」

セラスはすでに知っている。マキアも同じく、既知という反応である。

「聖騎士団長はセラス、副団長をマキアとします」

不満を漏らす者はいなかった。

この件についてては昨晩、カトレアを交えてマキアと話をしていた。

カトレアに仕えた順番で言えばマキアが最も古株である。

本来なら彼女が団長を務めるべきだろう。

それに、彼女との間に禍根を残したくはなかった。

が、マキアはすんなりセラスに団長の座を譲った。というより、

『私は横で支えるような立ち位置が向いているのよ。というか、姫さまからあんたを団長に据える狙いも聞いてるでしょ？　姫さまの考えに間違いはない。はい、この話はもうおしまい』

団長につく気は、はなからなかったらしい。

嘘《うそ》判定ができるだけに、本心からの言葉なのもわかった。

『あとね、今日から言葉遣いも改めます。あんた――あなたのこともセラス様と呼ぶようにしますから。私もいい年だしね。大人になるってことです。まあ、あなたに対しては敬意も普通にありますし。あと、私のことも呼び捨てにしてください。団長が副団長に〝様〟づけなんて、格好がつきませんので。他の団員に対してもそうよ――いえ、そうですよ？』

　こんなやり取りがあった。

　団長の座についてもマキアとの間にわだかまりは生まれない。

　そしてそのマキアが副団長として支えてくれる。

　これは、セラスとしても心強い要素であった。

「雑事面もマキアが副団長として支えてくれますわ。安心なさい」

　そう、自分は一種の〝象徴〟として団長の座につく。そうカトレアから聞いている。

　彼女の狙いがそこにあるなら、おとなしく従うべきだ。

　エスメラルダの言葉を思い出す。

『自分に求められている役割は、承知しているつもりです』

　そう、自分も求められている役割を全うすべきだ。姫さまのために。

　大好きな、みんなのために。

「はい、姫さま。マキアさ――マキアも、今後ともよろしくお願いします」

「ええ、セラス様。こちらこそ」

澄まし顔で会釈したマキアが顔を上げるのを見計らって、

「ええっと……、──二人とも」

セラスは、エスメラルダとドロシーの方へ身体を向けた。

「聖騎士団長として至らぬ点もあるかと思いますが、全力で精進します。どうぞ、今後とも助力をよろしくお願いします」

頭を下げる。

……上からの物言いというのが、どうにも慣れない。早く慣れなければ。

「こちらこそ、セラス様」

「はーい、よろしくですぅ♪　だんちょー」

カトレアが卓に頬杖《ほおづえ》をつき、やれやれという顔をする。

「団長になってより生真面目さが増したというか……まるで岩のようにお堅いですわよねぇ、セラスは。わたくしと二人きりの時は、それなりに甘い関係ですのに」

「ひ、姫さまっ？　また、ご冗談を──」

「そんな否定の仕方をしたら、逆に怪しまれますわよ」

「で──ですね……」

そんな二人を見て、他の三人もその微笑ましさに表情を和らげるのだった。

カトレアは連日、各所に手紙や使いをやって候補者を呼び寄せた。

候補者は、主に過去に騎士の試験で落ちた者が中心だった。

同時にドロシーが、エスメラルダを連れて城下町に出ることが増えた。

「あの子なら、騎士団に貢献できる面白い人材を見つけてくるはずですわ」

なるほど、ドロシーをあの段階で引き入れたのにはそんな狙いもあったらしい。

試験は主に面談形式で行われた。

特に、過去に試験で落ちた者は実技系の採点結果がすでに出ている。そのため実技部分については、最低限その実技部分が鈍っていないかを確認する程度で済ませた。

実は、大事なのはこの面談部分である。

セラスはカトレアの隣に座り、いくつかの質問を候補者に投げた。

さらに、いくつかのことについて意見を交わした。

聖騎士として採用する条件として絶対に外せないのは、人物像である。

つまり信用できそうな人物かどうか。

通常、これを判定するのは非常に難しい。

演技で乗り切れてしまうからだ。

ドロシーで考えれば、人を騙《だま》す演技を見抜く難しさがよくわかる。

しかし――セラスには真偽判定の力があった。

質問に対する答えが本心なのか嘘なのかを判定することができる。

カトレアは人を見る目に自信がある――そう言っている。

が、それはいわゆる勘に近いものだと本人は語った。

しかしセラスの嘘を見抜く力なら、精度を限りなく高められる。

「人材の登用だけではありません。あらゆる交渉の場において貴方《あなた》のその力は、規格外に有用と言えますわ」

聖騎士団の採用方針について、カトレアはこう言っていた。

「わたくしはこの聖騎士団を肩書きが欲しいだけの貴族の遊び場にするつもりは毛頭ありません。出自は重視せず、信用でき、実力も確かであると判じた者を入団させます。秀でた能力があればどんな者でも受け入れますわ。身につけているものが汚れるのは嫌、三日間も湯浴《ゆあ》みができぬのは嫌、保存食なんて口にできない――そんな者を入団させるつもりはさらさらありません。しかし、だからこそ入団させた者は相応の待遇で迎え入れます」

信ずるに足る人物であり、かつ、実力を持った者。

この二つが備わっているなら他の要素は特に気にしない。

さて――聖騎士として合格した者たちは、やはりエスメラルダと同じく、持てる実力にそぐわぬ不遇を囲っていた者が多かった。

通知を受けた時は、なぜ自分が選ばれたのか不思議に思っている者もたくさんいた。

特に多かったのが、

〝自分は姫お抱えの聖騎士団に入れるほど、優れた容姿に恵まれていない〟

これだったという。

カトレア——さらにはあの奇跡の夜で有名なセラス・アシュレインが、目の前にいるのだ。しかも今は、素顔を晒《さら》した状態で。

何人かは面談部屋に入ったあと、しばらく無言でセラスに見惚《みと》れていた。

そして、試験中は居心地が悪そうに見えた。

このことについて、カトレアは苦笑していた。

「容姿に自信のある者でも敗北感を覚えるのですから。自信のない者が萎縮するのも、無理からぬことですわ」

が、カトレアの判断基準はそこにない。

なので容姿面で不安を持っていた下級貴族の娘たちは、最初、合格を信じられずにいたそうだ。ただそれが本当なのだとわかると、ひどく喜んだ。

「まあ、これで彼女たちの家での扱いもずっとよくなるはずです」

そう口にするカトレアの目は、我が子を見守る母のようでもあった。

そんなカトレアは——あっという間に、新たな聖騎士たちの心を摑《つか》んだ。

入団後、聖騎士たちは数日ですっかりカトレアの信奉者となり、そしてそのカトレアに何を吹き込まれたのか、その信心はセラスにも次第に向けられていった。

『生来の人たらしよ、あの方は』

セラスは、昔マキアがそんなことを言っていたのを思い出した。

そのようにして慌ただしい面談と、土台固めの日々が過ぎ去り——

「聖騎士団の再結成ですが、半月後の式典でお父様から正式に告知される運びとなりました」

聖騎士団本部で、カトレアがセラスにそう伝えた。

「セラスはそこで王から聖騎士団長に任命される形になります」

「かしこまりました」

「あと……今回は、国内の有力貴族以外に他国からも人を招くことになりましたの。そこは貴方も少し気がかりかも知れませんけど——」

「聖騎士団長という立場になる以上、人前に出るのを厭《いと》うわけにもいかないでしょう。最近は、ベールなしで以前より公の場に出る機会もありますし……それに今は、頼りになる仲間たちもそばにいます」

カトレアはちょっと意外そうな顔をした。そして、微笑《ほほえ》みを浮かべた。

「貴方も、頼もしくなりましたわね」


聖騎士団は明日の式典で、正式に聖王から結成の宣言がなされる。

その式典の前日——昼過ぎ。

セラスは呼び出されて、カトレアの私室を訪れていた。

部屋に入ると、カトレアが鞘《さや》に納まった一本の剣を手にして立っていた。

銀縁のあしらいの施された格式高そうな鞘である。

「この剣は、聖騎士団長の証《あかし》ですわ。歴代の聖騎士団長に受け継がれてきたものです。とはいえ一度、わたくしが五歳の頃に主《あるじ》を失っていますけれど」

ああ、とセラスは理解した。

「それが、明日の式典で我が王から私に渡されるという剣ですね？」

すでにその話は聞いている。

「しかし、なぜ今これを？」

「セラス、そこに立ってくださる？」

室内にある壁の前をカトレアが指差した。

壁の高い位置には、ネーアの紋章が飾ってある。

セラスは言われた通りの位置に立った。

手前にカトレアが来て、剣を両手で水平に持ち直す。

「お父様より先に、個人的に任命式をしたいと思いまして」

カトレアが少しだけ首を傾け、微笑む。

「二人だけの任命式、ですわ」

「姫さま……」

「これをしたかったんですの——一番に。まあ、予行演習と思ってくださいな」

意を得て、セラスも微笑む。それから居住まいを正し、サッと跪《ひざまず》く。

「かしこまりました」

「では、セラス・アシュレイン——立ちなさい」

「はい」

厳粛な空気を纏《まと》い、格式張った調子でカトレアが言う。

「カトレア・シュトラミウスの名をもって、セラス・アシュレイン——貴方を、ネーア聖騎士団長に任命します」

セラスは頭を下げ、両手を差し出す。

「承ります」

聖騎士団長の証。

代々受け継がれてきたその剣が、カトレアの手から渡された。

「これにて――今日より貴方は、ネーア聖国の聖騎士団長ですわ」

剣を受け取ったセラスはカトレアを真《ま》っ直《す》ぐに見つめ、

「ネーアの剣として……いえ――姫さまの剣として精一杯、務めさせていただきます」

それから二人は、しばらく見つめ合った。改めて互いの深い信頼を確認し合うように。

そして沈黙を冗談めいた笑みで打ち破ったのは、カトレアの方だった。

「明日は〝姫さま〟ではなく、ちゃんと〝聖王陛下〟でお願いいたしますわね？」

セラスも笑みを取り戻し、胸の剣を抱き締める。そして言った。

「はい――姫さま」


夜になると、今度はカトレアがセラスの私室を訪れた。

気が静まらず眠れない、とのことだった。

「明日の式典は、姫さまもご緊張なさっているのですか？」

「そうなのかもしれません。わたくしも、まだまだですわね」

薄手の就寝用の服を着た二人は、寝具の縁に並んで座っていた。

先ほど久しぶりに二人で湯浴みをしたので、互いの肌はほんのり上気している。

「セラス……本格的に聖騎士団が動き出せば、騎士団長である貴方の負担も増えていくと思います。もちろん、わたくしもしっかり気は配りますけれど」

「ご心配には及びません——とまで言い切る自信はありませんが、私なりに備えはしてきたつもりです。姫さまのご負担ではなく、お力となるために」

剣も磨き続けた。剣ほどではないが、弓矢も。

馬の扱いや、乗りこなす技術も十分身につけた。

知識もだ。

実体験は確かに少ないが、この大陸のことも含めたくさんの知識を得た。

特にここ最近は、複数の部下をまとめる団長としての学びにも努めている。

「……人を殺す時も、いつか来るでしょう」

セラスは一拍置き、

「お気遣い、ありがとうございます」

狼《おおかみ》を殺した経験はある。しかし、まだ人を殺した経験はなかった。

「私は、無益な殺生は好ましく思いません。ですが……誰かを守るためには、時に相手の命を奪わねばならぬ時もある——その覚悟は、できているつもりです」

カトレアがセラスの腰に手を回し、抱き寄せた。

「ありがとう、セラス」

セラスの肩に、目を閉じたカトレアが頭をのせてくる。

「……お疲れのようですね、姫さま」

「ええ。ですが気が昂《たか》ぶって……やはり、なかなか寝つけませんわ」

「そうですか――では」

セラスは寝具の真ん中に移動し、正座をした。

「私の膝でお眠りになるのは、いかがでしょうか？」

「膝枕……？　そんなもの、どこで覚えましたの？」

「もちろん本です。疲れた者にはこれが癒しになる、と。誰かにするのは、その……初めてですので、効果のほどは保証できないのですが」

「あら、それは役得ですわ」

カトレアが嬉《うれ》しそうに寝具の中心に移動する。

そして仰《あお》向《む》けになり、セラスの膝に頭をのせた。

「これは――、……この世で、最上級の枕ですわ」

「さすがに褒めすぎかと」

「いいえ」

カトレアが口端を緩めたまま、目を閉じる。

「わたくしにとっては、この世にこれ以上の心地よい場所はありませんわ」

「ありがとうございます」

「ふふ……ねぇ、セラス」

「はい」

「もしこの先、貴方《あなた》に大切な殿方ができた時……その殿方が同じように疲れ果て、そして気が昂ぶって眠れぬ時は、この膝枕をしてあげるとよいわ」

「大切な殿方、ですか」

正直、想像がつかない。

あの夜会の一件があってから、男性には今も少し苦手意識がある。

たとえば実直な近衛《このえ》騎士団長のグオーツなど、好感の持てる人物はいる。

城内の男性たちにも昔よりは慣れた。会話くらいなら今は問題なくできる。

まあ、彼らがセラスの容姿に少し慣れてきたのも大きいだろう。

それこそ気を許していると言えば、聖王が当てはまるだろうか。

しかし異性として——つまり、恋愛相手として誰かと距離を縮めるとなると、どうもセラスには上手《うま》く想像ができない。

たとえば本の中の恋愛物語を読んでいても、いまいち感情移入ができない。

時々、自分とは違う種類の生き物の話を読んでいる気分になる。

だから自分はまだ——恋を知らない。

「まだ貴方は胸がときめくような相手に――夢中になるような相手に、出会っていないのですわね。それは、わたくしのせいもあるかもしれません。何より……」

何か言いかけて、カトレアは言葉を切った。

「……ともかく、貴方のこの膝枕は、そのいつか現れるかもしれない誰かのために取っておくとよいですわ。ああ、わたくしだけは使わせてもらえると嬉しいですけれど」

「ふふ、かしこまりました。では……当面の間は、姫さま専用ということで」

「…………ふぅ。やはり、落ち着きますわね……貴方と二人きりでいる時が、一番……」

カトレアの声に、眠気がまじりはじめた。

やがて、彼女は眠りについた。

セラスは愛《いと》おしい気持ちで、カトレアの頭をそっと撫《な》でる。

（本当に、お疲れでいらっしゃるのですね……いえ、無理もありません。あなたが誰よりも疲れていらっしゃるのは知っております。私だけではありません……マキアも、ドロシーも……）

カトレアについては、実はセラスもまだ知らない面がたくさんある。

それは早々に気づいていた。

この数年にしても、あずかり知らぬところで様々な闘争が起こっていた――らしい。

宮廷闘争。

聖王の力が増してきたとはいえ、これを面白く思わぬ大貴族たちも多いという。

これはその大貴族の妻たちも含めてである。

中にはよからぬ企てをする者も出てくる。

カトレアが影響力を保つには聖王を失うわけにはいかない。

また、カトレア自身が標的にされる場合もある。

だから早めに芽を摘んだり、水面下で叩《たた》き潰したりしていた。

これはマキアから聞いたことである。

なぜセラスを巻き込まないのか。彼女はそれについて、こう言っていた。

『あの方は、そういう汚いところにあんたを巻き込みたくないのよ』

最近になって、ようやく裏の社会のことを少しずつ教えてもらえるようにはなった。

ただ、カトレアも気乗りはしないようだった。

『身を守るために教えるべきことは教えねばですが、それさえも、できれば貴方には触れずにいて欲しい部分なのですけれど』

と、この前もぼやいていた。

城内で事件が起こるたび、カトレアが関わっている何かではと気になった。しかしいつもカトレアは特に何も言わず、セラスの前ではいつも通りの日々を送っていた。

（姫さま……私がそのことについてあなたに何も聞かないのは、あなたが私にそうあることを望んでいるからです。そして私は、それをわかっております。私は、あなたの望みを叶《かな》えて差し上げたい。私は――あなたの望む私になりたいのです）
あなたの、剣として。

翌日の式典は滞りなく進行した。

現在、聖騎士団は総勢八十名にのぼると発表された。

うち十名が式典に参加し、お披露目された。

お披露目されたのはカトレア曰《いわ》く、外向け用の聖騎士たち。

彼女たちは格式あるルノーフィア家の伝手《つて》でマキアが勧誘した者たちである。

つまり、それなりに名のある家の娘たち。

セラス、マキア、エスメラルダ、ドロシーを除く六人は、通常の採用基準を無視し、家の格や容姿を重視して選ばれた。

やや過去の素行や性格に難はあるものの、上級貴族に近い出自の者たちである。

こういう式典に参加するにあたっては〝ふさわしい者たち〟と言える。

何より――過去の素行はともかく――彼女たちは華のある外見をしていた。

カトレア曰く、

『わたくしの理念がどうあろうと、家の格や華やかさが求められる環境というのは現実として存在しますわ。それは否定できません。ですので、そういう外向けのいわゆる〝広報部隊〟も必要なのです』


騎士団内で、この方針に不満を持つ者はいない。

カトレアは現実が見えているし、理屈としては筋が通っている。何より聖騎士のほとんどはカトレアを神のごとく崇《あが》めているのだから、文句など出ようはずもなかった。

また、マキアやドロシーに至っては元より容姿に恵まれている。

エスメラルダが抜擢《ばってき》されたのは、別の意味で見映えがするからだ。

可憐《かれん》な女騎士たちの中に彼女がまじっているだけで、可憐ゆえに醸し出される頼りなさが見事に一掃される。

というより一時期から、エスメラルダは妙に同性から好かれるようになっていた。

騎士姿がすっかり板につき、独特の凜々《りり》しさを獲得したのもあるだろう。

加えて、箱入りで育ったため肉親以外の殿方が苦手という令嬢や婦人もいる。

そんな彼女らに、エスメラルダは独自の人気を持つようになっていた。

ただ――やはり式典中、人々の視線の大半を奪っていたのは聖騎士団長その人である。

式に参加する聖騎士が式場に入ってきた時、セラスは先頭ではなく最後に入ってきた。

カトレアの演出である。

期待に満ちた静かな興奮が、式場を包んでいた。

そして姿が見えた途端、どよめきは波となって広がり——式場を満たした。

特に初めて目にする者には、やはり衝撃であっただろう。

人々の衝撃はやはり強かったが、あの奇跡の夜のような騒ぎは起こらなかった。

まず、オルトラがいる——つまり聖王の御前。

その聖王の指示で、所々に選《よ》りすぐりの近衛騎士も配置されている。

また、セラスのすぐ前を歩くのはエスメラルダである。

彼女はカトレアから、いざという時はセラスを守って欲しいと言われていた。

だからエスメラルダもさりげなく周囲へ睨《にら》みをきかせている。

それゆえ列席者たちは、魅入られながらも殺到するような真似《まね》はしなかった。

否、できなかったのである。

聖騎士たちが並び、カトレアが紹介の言を述べる。

そして聖王の前で、セラスが聖騎士団長の証《あかし》を受け取った。

「オルトラ・シュトラミウスの名をもって、セラス・アシュレイン——そなたを、ネーア聖騎士団長に任命する」

昨日の昼とほぼ同じ形式で、セラスは正式に聖騎士団長に任命された。

もう一つの聖騎士団長の証たる肩の装具を聖王がつけ、セラスが跪《ひざまず》き、騎士の礼を取る。

すると——割れんばかりの拍手が、式場を満たした。

オルトラも何か感極まるものがあったのか、満ち足りた表情で潤んだ瞳をしている。

カトレアも拍手していた。

ただ、彼女はこの式典にもいささか不満があったようだ。

式の前、他国の列席者についてこんなことをぼやいていた。

『最終的に呼べたのがウルザ、アライオン、バクオス——しかも、あまり爵位の高くない貴族だったのです。これはお父様の意向で……理由は〝実物のセラスが広く知られるにはまだ早い〟と』

けれども、他国の者を参加はさせたいのだという。

お披露目をしたいのか、隠しておきたいのか。

よくわかりませんわ、とカトレアは言っていた。

が、セラスにはその言葉が嘘《うそ》であるのがわかった。

おそらくカトレアはその言葉とは裏腹に、本当はオルトラの心情を知っている。

しかし、セラスは追及しない。

相手を思ってあえてつく嘘もある——カトレアから、そう教えられていたから。

彼女はセラスが嘘を見抜けるのを知っている。

だから、きっと自分を思ってついた嘘なのだろうとセラスは納得した。

さて――無事に式典が終わったあとは、歓待の宴《うたげ》が盛大に催された。

オルトラに同伴し、セラスは初対面の様々な人に挨拶をした。

挨拶のたび、オルトラはセラスの背に手をあて、いかに素晴らしい騎士であるかを雄弁に語った。

セラスたちのすぐそばには、エスメラルダと近衛騎士団長のグオーツがついている。

移動するセラスは――やはりというか――宴の会場となった大広間では、常に人々の注目を集め続けていた。

〝とにかく華がある〟

彼らは、口々にそう言った。

少しでも近くで見ようと、絶え間なく人の波が押し寄せてきていた。

しかし近衛騎士と聖騎士による合同の壁が、きっちりそれを阻んでいる。

波は波でも、今回はさざ波程度であった。

さらに言えば、あの奇跡の夜の話は有名であり、あまりやりすぎれば聖王の逆鱗《げきりん》に触れる――その件もやはり、有名であった。

近くで見るにしても、さすがに虎の尾まで踏みにいく者はいない。

「セラス・アシュレインです」

バクオスの地方貴族に挨拶した時、ちょうどオルトラはその場を外していた。

こそっとグォーツが「実は、ずっと我慢しておられたようです」と教えてくれた。

おおよそ、なんの話かはわかった。

挨拶した地方貴族は素朴な印象の伯爵夫人で、彼女は丁寧に挨拶を返したあと、息子を前へ出した。

「さ、騎士団長様にご挨拶なさい」

伯爵夫人の息子は頬を真っ赤にし、胸の前で両手の指先をもじもじさせている。

「あ、はい——初め、まして……はい……騎士団長、様……」

まだとても幼い男の子である。

すっかり緊張した様子のその少年に、セラスは膝をついて微笑《ほほえ》みかけた。

「初めまして。セラス・アシュレインと申します。いかがですか？　ネーアの食べ物は、お口に合いましたか？」

少年の口の端には食べかすがついていた。

しかしこの年の子どもとなると、それも無礼ではなく、むしろ可愛《かわい》らしさがある。

セラスは未使用の口拭き布を懐から取り出し、食べかすを取ってあげた。

「ふふ、これに気づかぬほど夢中になって食べていただけたということは……お口に合ったと理解して、よろしいのでしょうか？」

「あ——ぅ……」

少年はゆでだこのようになって、胸の前で両手をきつく握り合わせた。

異性に苦手意識はある。が、このくらいの歳頃《としごろ》の子どもならそれもない。

「あなたの、お名前は――」

「おぉ、なんとお美しい！」

少年とセラスの間に割り込むようにして、突然、長身の男がずいっと現れた。

「お初にお目にかかる！　僕は、モンク・ドロゲッティと申します！」

「………………」

軽く押しのけられた少年は、びっくりしたのか、すぐ後ろにいた母親に飛びついた。

「あぁ、これでも僕はバクオスでは名の知れた傭兵《ようへい》でしてね？　この奥方様の護衛として雇われ、このたびあなたの聖騎士団長就任の式に参列したのです！」

恭しく一礼する傭兵を名乗る男。

あの、と伯爵夫人が困ったように男を諫《いさ》めようとした。

しかし男はどこ吹く風で、

「どうでしょう？　近々僕とお食事でもいかがです？　いや、是非！　というのも、ようやくこの僕につり合う女性が現れたと確信しましてね？　そうか、と確信しました。人間ではなく答えはハイエルフだったのだと！　感動ですよ！　感動！　この奇跡の出会いに、感謝――、……なんだ、おまえは？」

セラスと男の間に、エスメラルダが割り込んだ。

「セラス様には、次のご挨拶がありますので」

うっ、と男が一歩下がる。エスメラルダに気圧《けお》されたのだろう。

が、男は食い下がってきた。

「セラス殿！　では、次回のお約束を――」

セラスは伯爵夫人の方を見て、微笑んだ。

「伯爵夫人、お目にかかれて光栄でした」

「あ、はい……こちらこそ、セラス様……」

少し、夫人も笑みを取り戻した。

そして背を向け、セラスは肩越しに冷めた目で男に言った。

「失礼いたします」

「あ――待っ……」

セラスは目線を下げ、指を咥《くわ》えてこちらを見る先ほどの少年に微笑みかけた。

手を振ってみる。すると、少年も照れた様子で手を振り返してくれた。

「割って入るのが遅くなってしまいすみません、セラス様」

「いえ――ありがとうございます、ルダ。助かりました」

騒ぎを起こすのはこの宴を、ひいては式典すら台無しにしかねない。

しかしあのままだと、男の頬を平手打ちしていたかもしれない。

「行きましょう、セラス様」

「はい」

セラスたちがその場を離れようとすると、さっきの男が手を伸ばしてきた。

「お、おいっ！　待てよ、このっ――」

「何ごとじゃ」

その声に男が仰天し、身を引いた。

「げぇ!?　せ、聖王――陛下！」

そこに現れたのは、戻ってきたオルトラだった。

またあのような激怒をされてしまっては、会場の空気が凍りついてしまう。

セラスはオルトラに自ら事情を説明した。

特に何があったわけでもなかった、と。

「まあ……セラス自身がそう言うのであれば、不問とするが……」

説明している間に、あの無礼な男は会場から姿を消していた。

目撃していた周りの者も冷たい視線を飛ばしていたので、さすがに居たたまれなくなったのだろう。

オルトラは、

「しかし……そんな時に限って席を離れていた自分には、活を入れねばならぬな……」

「いえ、我が王……こういう考え方もございます。逆に考えれば、そう……我が王の姿が見えなかったからこそ、あの男もあのような強い態度に出られたのでは？」

「む」

「つまり、この会場において我が王のおそばにいれば私も安全である——その証左かと」

「お——おぉ、そうか、そうか。うむ！　そうじゃな！　安心するがよい……もう、この宴が終わるまで余は、決してそなたのそばを離れぬぞ！」

「感謝いたします、陛下」

「ほれ、次へゆくぞセラス——我が騎士よ！」

ここまで上機嫌なオルトラも、久しぶりに見た気がした。

カトレアから、王とは騎士としての距離を意識するよう言われている。

セラスも日頃からそれをできるだけ守っていた。

しかし今日に至っては別である。カトレアからも、

『今日の宴の席ばかりは、多少の親密さは演出せざるをえないでしょうね』

こう言われている。

ところで、とセラスは会場を見回した。

そういえば、カトレアはどこにいるのだろうか？

（あっ）

見つけた。

周りにはマキアやドロシー、他の聖騎士がついている。

ドロシーは〝外用〟の彼女として、歓談に興じているようだ。

カトレアは――、……

「？」

腕を組み、何か一点をジッと見据えている。

目つきが――何か……。

一体、何を見ているのだろうか？

セラスは視線を追った。

その視線の先には、吹き抜けになった二階部分から広間を見下ろす男の姿があった。

（あれは確か……ミシュル公爵？）

ハッグ・ミシュル。

確か、オルトラの従兄《いとこ》にあたる人物だ。

最近は自領からあまり出てこず、王都へは姿を見せなくなったと聞いている。

聖王の力が増したからだろう、とカトレアは分析していたが……。

実はセラスも数回、会って挨拶をしている。

豪放磊落《ごうほうらいらく》な人物と聞いていたが、自分が初めて会った時は口数が少なかった。

何か——探るような目をしていた記憶がある。

（あ……）

スッ、とミシュル公爵が二階の手すりから姿を消した。

（姫さまは、なぜミシュル公爵をあのような目で見ていたのでしょうか……）

「セラス、何をぼんやりしておるっ。こっちじゃっ」

「あ——はい、我が王っ」

いや、自分には聖騎士団長としての役割がある。

今は自分のすべきことに集中しなくては。

カトレアとミシュル公爵のことは一旦忘れ、セラスは挨拶回りを続けた。

□

聞き覚えのある名に〝彼〟が反応した。

「モンク・ドロゲッティって……ミルズの広場でおまえにつっかかってた、あいつか」

「ええ」

「逆恨みもいいとこじゃねぇか——ったく」

ええ、と苦笑するセラス。

「まさか、あそこまで恨まれているとは私も思いませんでした。そうですね……もっと上《う》手《ま》い諫め方があったのかもしれません。たとえば、姫さまならもっと上手くやったでしょう。そこも、私の未熟さなのだと思います……」

「けど……普段自分のことじゃ滅多に怒らないのに、その伯爵夫人や子どものためには怒りが湧いてくるってあたりは、セラスらしい」

「そう、でしょうか？」

「悪癖って見方もあるにはあるが——俺は、おまえのそういうところも好きだぞ」

「————ッ」

なんでもないことのように、そういうことをサラッと言う。

こういうところだ。

こういう、ところなのだ。

彼は薄く苦笑し、

「ま、セラスは……もっと自分のためにも怒ってやっていいとは、思うがな」

5. そうして彼女が、手に入れたもの

正式に発足したネーア聖騎士団。

セラス・アシュレインを団長とするこの騎士団は、ただのお飾りではない――発足から三年の間に、ネーア聖騎士団は人々からこう評されるようになっていた。

まず、王都を含む国内の治安維持に力を入れた。

民を困らせる賊が問題になれば、即座にそこへ赴き討伐した。

国内の貴族間で領地を巡って諍《いさか》いが起これば、やはり赴いて調停役となった。

これまでカトレアとその従騎士だけでは、正当な介入として見なされなかった。

姫と聞くと凄《すさ》まじい権力を持っていそうだが、少なくともこのネーアでは違う。

ある部分において姫の権限は驚くほど弱い。

たとえば王都でならそれなりに権限を強く行使できるが、大貴族が治める領地の中ではその権限もほとんど意味をなさない。

ネーアは古ぼけた慣例に支配された国とも言える。

この国全体で力を持つには、ある程度、慣例に倣わなければならない。

でなければ、力を持てない。

そしてその慣例に従った結果が、聖騎士団という正当性の獲得だったのである。

姫個人の時より、カトレアは多くの権限を持つようになった。

ただ、中には聖騎士団の復活により聖王の権限がさらに増すのを面白く思わぬ者たちもいた。

そう、聖王が機能していなかった時期に存分に力を蓄えた大貴族たちである。

実は近衛《このえ》騎士団についても、彼らはあれやこれやと喚《わめ》き立てていた。

〝彼らは前身が王の近衛隊なのだから、我々の領地まで出張ってくるのは筋が違う！　彼らは聖王を守るために存在するのだ！　それ以上でも、それ以下でもない！　かつての聖騎士団ならともかく、近衛騎士団の自領への派遣は認められない！　よいですか!?　あまり慣例をないがしろにすれば、下手をすると聖王は信を失い——最悪、各地の大貴族が反旗を翻しかねませんぞ！〟

ただ、この主張のせいで、逆に復活した聖騎士団に介入の正当性を与える結果となってしまったのは、皮肉と言える。

聖騎士団は、民の人気取りも忘れなかった。

民との交流にもカトレアは力を入れ、たとえば作物の実りの悪い地域へ赴いて食料の支援を行ったりした。また、災害が起こった地へ赴いては復興に力を貸した。

狙い通り、日に日に聖騎士団の人気は高まっていった。

何よりセラスの存在が大きい——そうセラス自身は聞かされている。

その弱冠十八歳の聖騎士団長の人気ぶりは、聖騎士らを率いた聖騎士装の彼女が白馬に乗って姿を見せるたび、ちょっとした騒ぎがその土地で起こるほどであった。

〝ネーアの姫騎士〟

この三年でその名は、いよいよ各国にまで響き渡るようになっていた。

しかし強く興味を寄せる他国の者がたくさんいる割には、なかなかお目通りできないことでもセラス・アシュレインは有名だった。

これは聖王なり姫なりが強く拒否しているためである――そう言われている。

さらに肖像画も滅多に出回らない（ただし、実際目にした者が記憶を頼りに再現させた肖像画はかなりの数が出回ったそうである）。

そして、このせいでセラス・アシュレインに対する人々の興味――特に、他国の人々の興味はさらに膨らみ続けた。その美貌についての噂《うわさ》も、あれこれ尾ひれがついたりつかなかったりしながら、広まっていった。

そんなセラスと聖騎士団にとっては、大忙しの三年間だったとも言える。

けれど聖騎士たちは大した不満も漏らさず、精力的に自らの務めを果たした。

この国の膿を出す。

信奉するカトレア・シュトラミウスのその望みを、成就へと導くために。

とはいえ、厳しい日々だけでは長続きしない。

これも真理である。

持続性を保つには、甘い報酬も大事な要素なのである。

聖騎士たちには高い給金が与えられ、また、いくつかの褒美が与えられた。

騎士団本部の建物内の環境もみるみる快適になっていった。

公の場でなければ規律もそれなりに緩い。

聖騎士団の〝格式〟さえ損なわないなら、カトレアはうるさいことを言わない。

こういう自由さも聖騎士たちには居心地がよかった。

焼き菓子を添えたお茶の時間も与えられていたし、聖騎士専用の食堂で提供される食事も凝った質のよいものが多かった。

〝甘さがある分、結果の方もしっかり出させる〟

その甘さの部分の匙《さじ》加減は特に難しい。

ひと匙分量を間違えれば、次第に怠惰な空気が蔓延《まんえん》していく。

ここはカトレアとセラスら中心人物の尽力により絶妙な舵取《かじと》りがなされ、騎士団における甘さの匙加減は、実に上手く調整されていた。

セラスも団長になってから、以前より堅い印象を与えるようになっていた。

しかしそれがむしろ彼女の触れがたさ、それによる神々しさを増していた。

そんなセラスに稽古をつけてもらう聖騎士たちの表情には、強い敬意と憧れがいつも宿っている。

規律の緩い組織ではあったが、皆、セラスの前でだけは高潔な聖騎士としての態度を取った。あるいは、取ろうと懸命に努力していた（ドロシー除く）。

確かに、セラスが以前より感情を表に出さなくなり、少し冷たい印象を受けるようになった——そう話す者もいる。

しかし見方によっては、この三年でついに団長としての確かな威厳を獲得したとも言える。

とはいえセラスは変わらず聖騎士たちに好かれていたし、セラスも彼女たちのことを変わらず好ましく思っていた。

ただ——ある種の距離は、空いていたのかもしれない。

ここは、それを察したカトレアが気をきかせることもあった。

たまに聖騎士団で赴く遠出——言ってしまえば小旅行も、その一環である。

王都の南に、王家が所有する領地がある。

この領地の中に美しい湖があり、ある日カトレアはセラスたちをそこへ連れ出した。

湖畔には王族用の屋敷がある。近くの村に住む者に管理させているため掃除も行き届いており、すぐに使用することができた。

また、湖はその途切れ目の一部が浜辺のようになっていた。

「この時期には、この湖畔での避暑が最高なのですわ。まあ、来たのは本当に久しぶりですけれど」

▽

「……姫さま、これは？」

浜辺にて――セラスは布地（？）を手にしていた。

「何って、身につけるものですわ」

「いえ、しかしこれは……下着、ですよね？」

「水着ですわ。異界の勇者から伝わった水遊《すいゆう》用の衣服、なんて噂もありますが。ネーアでは滅多に見ませんけど、ウルザの南西地方やミラの一部地域では夏によく着用されるのだそうです。文化ですわ、文化」

「文化、ですか」

「普通の服だと水を吸って動きにくいですし、裸よりはいくらもマシでしょう？」

しかしこの布面積の少なさは、いかがなものなのか。

さしもの騎士団長も青ざめ、そして実に微妙な――しかしある意味で表情豊かな――顔になってしまっていた。

「何を恥ずかしがっているんですかぁ、セラス様ぁ」

「ドロシー……、――あ」

すでにドロシーは水着を着用していた。

「実はわたくしも、この下に着ておりますの」

「姫さま!? 何を――」

豪快に服を脱ぐカトレア。

思わず閉じた目を開くと、そこには胸と下半身の一部を布で覆っただけのカトレアがいた。

「いえ――下着でしょう、これは。どう考えても」

「ぷっ……セラスったら。いいですわね、今日の貴方《あなた》は表情が豊かですわ」

「からかわないでください、姫さま……」

「女しかいないのですからよいではありませんか、セラス様」

「マキア」

ちなみにマキアだが、最近はちょっと自分を見る目が変わってきた気がする。

団長として成長している証拠だろうか、とセラスは思っているのだが。

「そうですよ、セラス様」

「……ルダまで」

気づくと——セラス以外の団員は皆、水着姿になっていた。

色合いや形は多様だが……やはり、あの露出度はどうなのだろうか？

「普段の貴方の服だって〝精霊の呼吸を意識して、精霊使いはそれなりに肌を晒《さら》す必要性があると言われているのです〟というお話で、それなりに肌は晒してるじゃありませんの」

「そう、かもしれませんが」

皆が、期待の目でセラスを見ている。

よくよく考えると今のこの状況——むしろ、自分の方がおかしい気がしてきた。

皆が肌を露出しているのに、自分だけがいつもの服装である。

「セラス様」

と、エスメラルダが肩に手をのせてきた。

「もしお嫌であれば、ご無理はしないでください。いえ……セラス様の水着姿を見たくはありますが、個人的には、あなたがお嫌なことを無理にする姿の方が見たくありません」

「あー、ルダったらいいカッコしぃなんだぁ。もー、ほんとセラス様大好きなんだからぁ」

茶化すように、ドロシーが言った。

と、他の団員たちが口々に自分も好きだと主張し始めた。

「……はぁ」

セラスは、ため息をついた。

観念のため息である。

逆にエスメラルダから気遣いの言葉をかけられ――そして自分の水着姿を見たいと言われて、心が動いてしまった。

エスメラルダの実直さと優しさには、どうにも弱い。

「――わかりました、今日だけですよ」

歓喜の渦が巻き起こった。

それは、屋敷で夕食の仕込みをしていた管理人が、何ごとかと外へ飛び出してくるほどの大きさだったという。


ある日の夕刻――聖騎士たちを引き連れ、城内を歩くカトレア。

あの湖畔で羽を伸ばしていた時とは打って変わって、聖騎士たちは騎士にふさわしい厳粛なる空気を放っている。

今や城内の者なら見慣れたこの光景だが、やはり独特の威圧感があった。

城内における聖騎士団の影響力を如実に示している――そう言っていい。

その影響力については、ネーア全体で見てもいよいよ強まってきている。

また、定期的にこの〝練り歩き〟をするのはカトレアの意図であった。

〝ここにネーアの象徴たる、ネーア聖騎士団あり〟

この時、カトレアは二十一歳。

セラスは、十八歳になっていた。

◇【カトレア・シュトラミウス】◇

（この前のセラスの縁談話も、目論見《もくろみ》通りに運んだようですわね）

先日カトレアは、女たらしで有名なプルトー侯爵家の長男を、縁談の名目でセラスに引き合わせた。

通常ならオルトラは激怒したであろう。が、カトレアは事前に父に意図を伝えた。

『これは、セラスに男の免疫をつけさせるための嘘《うそ》の縁談です。ご心配なさらないでくださいな、お父様。わたくしがしっかり管理いたします』

今やセラスも公の場に普通に姿を現すようになった。異性との会話も――諧謔《かいぎゃく》の妙にいささか欠けるとつまらぬ貴族から言われたそうだが――難なくこなせるようになった。

が、女にだらしのない男についてはその実を知らない。

セラスに迫れば王の怒りに触れる。これはもう誰もが知っている。前には牢《ろう》に幽閉されたり、鞭打《むちう》ちになった者までいた（さすがに死罪までは、カトレアも止めたが）。

さらにセラスの背後にはカトレアがいるし、聖騎士たちも常にその周りを固めている。

今や、異性としてセラスに迫ろうなどという無謀者はいない。

しかしあまりに知らなすぎるのは――それはそれで、まずい。

カトレアはオルトラにその意図を懇々と説明した。

最後にはようやく、オルトラも首を縦に振った。

『う、む……おまえの言う通りかもしれぬ。今後も、誰かが常にセラスのそばについていられる保証はない……そんな時、セラスは自分で身を守らねばならん。そうじゃな……セラスのためを思えば必要なことかもしれん。ただし過ちだけは決して起こさせてはならぬぞ？　よいな？』

強く念を押されたが、父の許可は取れた。

結果は――成功。

まあ案の上、セラスは相手の男に異性としての興味を示すことはなかった。

欠片《かけら》も。

この〝欠片も〟の点はやや問題な気もするが、ああいう前のめりにすぎる、容姿に恵まれただけの空っぽな男の存在を知れたのは大きい収穫だろう。

（ただ……身を守る意味では成功でしたが……これで、異性への見方が悪い方へ進んでしまった気もしますわね……）

常々、カトレアは思っていることがあった。

あの子――セラス・アシュレインは、異常なまでに我《が》が薄い。

誰かのためなら、強い気持ちを持って動く。

しかしそれが自分のためにとなると、何かちぐはぐなのである。

利他的行為に重きを置きすぎる、というか。

たとえば、自分を犠牲にしてでも他者を救おうとする——そんなところがある。

その性質は果たして、セラスのためになっているのだろうか？

「………」

違う。多分、なっていない。

そうなったのは、自分のせいではないか？

ずっとこの疑念に、カトレアは苛《さいな》まれていた。

自分がセラスをあのようにしてしまったのではないか？

(認めましょう……わたくしにとっては、その方が都合がよかった。それは、認めねばなりません。そして——そのような魂の形を、わたくしも好んだ)

好んだ？

そんなあの子に、人殺しまでさせてしまっているくせに？

盗賊団の討伐などで、すでにセラスはその手を血で汚している。

が、本来あの子は争いごとなどには向いていないのではないか。

もっと穏やかに日々を過ごすべき人物だったのではないか。

なのにあの子は自分を慕い、信じ――ひたすらに力を貸してくれる。
てのひらを上にし、自分の両手を見つめる。
(わたくしは、あるいは自分の願望のために――)
あの子から〝わがまま〟を、奪ってしまったのかもしれない。
たとえば恋――あるいは、愛。
それは、理屈ではない感情による〝わがまま〟の最たるものの一つ。
そう。
あの子がもし誰かに恋をするような日が来たなら、その時は――

全力でそれを、応援してあげよう。

成就、させてあげよう。
せめてもの贖罪《しよくざい》として。
カトレア・シュトラミウスは、そう固く誓うのだった。

◇【セラス・アシュレイン】◇

その年の冬。

ミシュル公爵から、聖騎士団派遣の要請があった。

〝蜃気楼《しんきろう》の賛歌〟と呼ばれる盗賊団を討伐して欲しいという。

この名は王都にも伝わってきていた。

以前からネーア国内の街道を荒らしていた盗賊団なのだが、ひと仕事終えるとどこぞに雲隠れしてしまう。

実態があるのに実体がない——そんな盗賊団であった。

特にミロクという名の頭領はいまだに目撃情報すらない。

しかもその頭領は勇血《ゆうけつ》の一族と言われている。

勇血の一族——異界の勇者の血を受け継ぎし者たち。

勇者の血を継ぐ者は、常人を超えた身体能力や才を持つとされる。

さらに蜃気楼の賛歌は、戦神デッドを信奉するデッドの戦士も擁しているという。

そのデッドの戦士が頭領なのではと言う者もいるが、やはり実態は掴《つか》めていない。

「そして——あの廃城にミロクがいるとの情報が入った、と」

セラスは、岸壁に埋まるように建つ廃城を眺めた。

この小高い山に建つ城は近づかねば目視できない。

要請を受諾したカトレアは、すぐさま聖騎士団の派遣を決定した。

今や総勢二百名となったネーア聖騎士団。

ここには五十名ほどが派遣され、また、この隊は聖騎士団長のセラス自らが率いていた。

他にもミシュル領内には蜃気楼の賛歌の根城と目される場所があるらしく、聖騎士団は現在いくつかの隊に分かれて行動している。

一つ一つ潰すとなると、攻撃を知ったミロクが逃げてしまう可能性があるためだ。

最初に攻撃を仕掛けた根城にいなければ、また雲隠れしてしまうだろう。

ゆえに同時に調査——攻め込む作戦が立てられた。

「各地に、こういう根城を持っているのかもしれませんね」

マキアが言った。

この隊には団長と副団長、そしてエスメラルダが編成されている。

最もミロクがいる可能性の高い場所がここだとの情報が入ったからだ。

ならば、聖騎士団も最も戦力の高い隊をぶつけるのが定石である。

馬での移動が難しいため、セラスらは徒歩で坂を登っていた。

今のところ、襲撃はない。

その城は不格好に増築や改修をされ、今や、城というよりはまさに〝悪漢たちの根城〟

という表現がしっくり来る。

跳ね橋は壊れているらしい。落ちたままになっている。

草むらや木に身を隠しながら、入り口付近の様子をうかがう。

「ひと気は、ありませんね」

この作戦はミロクの捕縛――あるいは殺害が成功条件である。

ミロクが死んだという確証を得られない限り蜃気楼の賛歌は生き続ける。

現実のものとして、蜃気楼を殺さねばならない。

盗賊団の規模は――聞いている。

「……マキア」

「はい」

「まず私たち二人だけで潜入し、中を調べてみようと思います。大勢で行けばミロクが逃げてしまうかもしれません。いかがですか？」

マキアは可愛《かわい》らしくこぶしをあごにあて、少し考えた。そして、

「わかりました」

他の団員は待機させたまま、セラスとマキアは涸《か》れた下水道から城内に侵入した。

光の精霊でほんの少しだけ光源を確保し、薄暗い下水道を進む。

「セラス様」

上へのぼる石段があった。
二人は気配を消しながら、そっと階段をのぼる。
すると、木製の扉が現れた。光を消し、それを注意深く押す。
扉が開く。鍵はかかっていない。
セラスは扉の隙間から様子をうかがった。
誰もいない。静かだ。
目配せをしてから、セラスはマキアと扉の向こうへ滑り出た。
壁を背にしつつ、警戒しながら歩く。
セラスは内なる精霊に呼びかけ、耳を澄ます。
「…………」
仕草で〝あちらに行きましょう〟とマキアに伝える。
二人、廊下を歩く。
セラスは立ち止まり、それをマキアに示した。
人のいた痕跡。
それも、最近のものだ。
やはりここは蜃気楼の賛歌の根城なのかもしれない。
その時だった。

「ようこそ」
背後の闇から、声がした。続き——たくさんの足音。
「マキア、こちらへ」
セラスが先導し、マキアが続く。
廊下を走る。今度は、別の場所から複数人の足音が迫ってきた。
別の場所へ向かおうとすると、また複数人の足音がそちらから迫ってくる。
自然、経路の選択肢が狭まっていく。
（誘導、されている——）
二人の先に両開きの扉が現れた。
鍵がかかっていれば、ここで敵を迎え撃つことになる。
しかし——扉は開いた。
二人で転がり込み、扉を閉める。
ガチャンッ、と錠も落とす。
二人は数歩、先へ進んだ。と、
「ようこそ」
背後から放たれたのは、先ほど闇の中から聞こえてきたのと同じ声。
セラスとマキアは、素早く戦闘態勢を取る。

ここはかつて広間だった場所のようだ。

しかし壁や床はひどく汚れていて、すえたニオイが鼻をつく。

夕刻の橙《だいだい》の光が窓から差し込んでいるため、この広間は明るかった。

と、柱の陰から男たちが姿を現す。そして、

「これはまた――驚いた」

緑髪の褐色肌の男が、暗がりの奥から現れた。

先ほどの〝ようこそ〟と、同じ声音の男。

男は両手に黒刃の長剣を持っていた。

他の者と空気が違う。

また、男は黒い布で両目を覆っていた。布には金色の刺繍《ししゅう》があしらってある。

ただ――よく見ると、目の部分だけ視界を確保するためか穴が空いている。

「噂《うわさ》に違《たが》わず、抜群に美しい……、――否、美しすぎる」

「あなたは――」

「ミロク。お初にお目にかかる……姫騎士、セラス・アシュレイン……」

周りを取り囲む男たちが、腰の剣を抜いていく。

マキアが剣の柄《つか》を強く握り込み、

「セラス様」

「ええ。どうやら――」

互いに背を預け、剣を構え直す。

「囲まれた、ようですね」

セラスは、ミロクと名乗った男を見据えた。

「蜃気楼が、ようやく実体を現したというわけですか」

「そう……あなたに、出会うためにね。うん、一度でいい。この目で、ネーアの姫騎士を見てみたかった……そしてこの手に……うふふ。観念、してください」

先ほど閉めてきた扉が、外側からの激しい衝撃で何度も軋《きし》んでいる。

他の盗賊たちが部屋へ押し入ろうとしているらしい。

（錠を閉めておいたのは正解だったようですね）

しかし――セラスはそこで奇妙なものを目撃する。

部屋の中にいる盗賊の一人が、さらに別の錠を扉にかけたのである。

（？　まさか……仲間を部屋に入れないつもり、なのですか……？）

「はっはぁ！　ネーアの姫騎士はまずこっちだけで楽しませてもらうからよぉ!?　おまえらはおれたちのあとでなぁーっ!?」

（なるほど……そういう、ことですか）

ならば――都合がよい。

「しかも、愛らしい小さなお人形のオマケつき……さ、観念なさい。諦めて、剣を置きなさい。長い時間をかけて、死ぬまで愛玩してあげましょう……うふふ。ようやく——本物のお宝を、手に入れました……」

か細い声の人物だが、実力は確かなようだ。

ちなみにこの空間にはもう一人腕の立つ何者かが柱の陰から様子をうかがっているが、その人物を除けば、ミロクがこの部屋の中で格段に強いのがわかる。

「ほぉら、おとなしく降伏すれば————」

ザッ！

セラスが、駆けた。

ミロクが腰を落とし、両手の剣を構える。

「んん〜……殺さずに勝つのは少し、面倒なんですがねぇ。あ〜あ、素直じゃないから痛い目を見るのですよぉ？　仕方ない。では、お仕置きを——、……、——え？」

——スパッ——

ミロクの喉もとに、一筋の赤い線が奔《はし》った。

「え」

ミロクの眼前には、剣を振り切った姿勢のセラス。

駆ける距離の三分の一を、セラスは本来の速度の半分で駆けた。

ミロクはその速度に合わせて反撃を計算していた。

が、残る三分の二でセラスは本来の速度で肉薄したのである。

ミロクは計算が狂い——防御すら、間に合わなかった。

頭領の余裕ぶりに、手下たちも手助けする気配はなかった。

いつも通り頭領が勝つ。そう信じていたのだ。

しかし——セラスのあらゆる能力は、遥《はる》かにミロクの予想を上回っていた。

「——面白い。我がデッドの相手に、ふさわしい」

柱の陰に隠れていた男が、姿を現した。

頬に彫り物をした男。手には、短槍《たんそう》を握り締めている。

「我が名はドルーガン・デッド・ストリッド」

「マキア、私の後ろへ！　ミストルティンの準備を！」

さっき、セラスが動いたら追ってくるよう耳打ちしておいた。

言うとおり追いかけてきていたマキアが、セラスの背後に回り込む。

……ドサッ……

ミロクが倒れた音で、手下たちが我に返った。うち一人が、平板な声で言った。

「数で殺せ」

「そうだな」

「数で押し潰す」

「ああ」

「お頭への手向けであり――宴だ」

一斉に、手下たちが走り出した。

「死んだ方がマシと思えるくらいの目に遭わせてやるぜぇぇえ！　ぐぇ!?」

手下と併走していたドルーガンが、手下の喉を短槍で貫いた。彼は短槍を引き抜き、

「邪魔をするな。デッドの戦いに割り込むなど、無粋極まりないぞ。さあ、姫騎士――勝負！」

扉の外からは、

「せーのぉ！」

ドゴォン！

破城槌《ついち》のような勢いで、締め出された手下たちが扉に体当たりしている。

錠が、外れそうだった。

「我は聖樹の国の学舎《まなびや》にて、復讐《ふくしゅう》を望む者……四つなる災害を穿《うが》つ、光なる剣を求むる者――」

マキアが途中で、詠唱を止める。

止めている間、彼女の頭上には光が集まり続け――その大きさを増していく。

と――錠のかかっていた扉が開き、手下たちが雪崩《なだ》れ込んできた。

セラスは一足だけ踏み込み、完璧な距離感で刃《やいば》を振るう。

狙い通り、刃先がドルーギンの両目を水平に切り裂いた。

「ぐっ……見事！」

見えぬ目のまま、カッと笑ってそのまま突進してくるドルーギン。

セラスは剣を再び薙《な》ぎ、

「精式、霊装」

精式なる霊装を纏《まと》いながら、ドルーギンの首を刈り取った。

「ミロク程度の腕ならば必要ないかと思いましたが……この数を相手にするとなると、万が一もあります」

言って一歩下がり、再びマキアの盾になるように位置を取り直す。

それからすぐそこまで迫った手下たちの方へ身体《からだ》を向け、剣を構え直した。

「向かってくるというのなら……この精式霊装《せいしきれいそう》にて、お相手しましょう」

そう宣言するセラスの頭上――その、やや後ろ。

巨大な剣の形を成した白い光が、浮かんでいた。

そして、

「――ミストルティン――」

マキアの詠唱呪文が、発動した。

「セラス様！」

事前に言われていた時間になったからだろう、待機させていたエスメラルダたちが突入してきた。

剣を手にした聖騎士たちが、手下たちに壊された扉から戦闘態勢で駆け入ってくる。

が、彼女たちは広間に入るなり足を止めた。

「これ、は……」

広間の惨状を目にしてか、彼女たちが言葉を失う。

セラスとマキア以外の者は、すべて倒れ伏していた。

息のある者は数名のみ。

そして——セラスとマキアは、ほとんど無傷であった。

「これをまさか……お二人、だけで？」

「ええ、そのまさかよ」

言って肩を竦《すく》めたのは、マキア。

「あーあ……お気に入りの鎧《よろい》が、血の赤で汚れちゃった……」

「すみません、マキア」

「いえ、セラス様のせいではありませんから。姫さまに言って、新調しますし」

セラスたちは城の外へ出た。

もう外は薄暗くなっていて、夜の虫の鳴き声が聞こえている。

エスメラルダがミロクとドルーギンの頭を布で包み、厚い皮袋に入れた。

「しかし……私たちは今回まるでお役に立てず、申し訳ありませんでした」

「いえ——今回の任務の目的はミロクでした。そのため、まずミロクを引きずり出す必要があったのです。ですので——」

「セラス様はご自身を餌にして、敵の懐にあえて私と二人だけで飛び込んだってわけ。あんたたちがぞろぞろ入ってきたら、ミロクが怖《お》じ気《け》づいてそのまま逃げちゃう可能性もあったからね。それだと、任務失敗だもの」

マキアがセラスの言葉を引き継ぎ、そう種明かしをしてくれた。

「マキアには、危険につき合わせてしまい申し訳ありませんでした。あと、鎧の方も……」

「まあ、同行する相手として選んでもらえたのは嬉《うれ》しかったですし?」

「複数相手ですと、やはりあなたの詠唱呪文が助けになりますね」

「乱発は、できませんけどね……」

マキアはエスメラルダにおんぶされ、ぐったりしていた。

彼女の詠唱呪文は魔素を大量に必要とする。

そのため、一度発動させるとひどく疲労するのである。

「ま、といっても……歩けないこともないんですが」

「いいえマキア様、せめて麓までは自分に背負わせてください」

「もー、ルダ好き。ほんとに」

「ふふ、ありがとうございます。では——セラス様、行きましょうか」

「ええ」

こうしてセラスたちは麓まで戻り、馬の面倒を見ていた聖騎士たちと合流した。

報告のため、これから王都へ戻る。

出発の準備を終えたセラスたちは、移動を開始した。

マキアを後ろに乗せたエスメラルダの馬に、自分の馬を横づけする。

セラスは言った。

「報告よりも数が多かったですし、明らかに盗賊団とは毛色の違う者たちがまじっていたようです」

「ええ、セラス様」

マキアが、蜃気楼《しんきろう》の賛歌の根城があった小高い山を振り返る。

「姫さまの、おっしゃる通りでしたね」

◇【ハッグ・ミシュル】◇

すべて、首尾よく運んだだろうか？
ミロクたちは、上手《うま》くやってくれただろうか？
ああ――すべてが、もう少しだったのに。
我が息子を次期聖王にする計画。
あの頃のオルトラは完全に覇気を失っていた。
自分の言うことをなんでも聞くんじゃないかと思えるほど、弱り切っていた。
そう、もう少しだったのだ。
なのに――蘇《よみがえ》ってしまった。
自分の言葉に耳を傾けなくなり、どころか厭《いと》うようになった。
自分のオルトラへの影響力が日々薄まっていくのがわかった。
思い返せば、あいつが変わったのは――そう、あの狩りの日からだ。
ちょうどこんな冬の寒い日だった。
謎だった。
なぜだ？
なぜ急に、天啓でも得たかのように聖王は蘇ったのだ？

娘か？
違う。あの狩りの日の前から、娘はずっとそばにいた。
ではなんだ？
わからなかった。
が、仮面のエルフの話を聞いてから〝もしや？〟と思うようになった。
さらに奇跡の夜の一件を聞き、その予感はさらに強まった。
……のだが、どうにもわからない。
調べてみると、オルトラがそこまで寵愛《ちょうあい》しているとも思えなかった。
そのエルフはいつも姫とばかり一緒にいる。
報告によれば、オルトラのそばにいる時間は限りなく少なかった。
自分は何か読み違いをしているのか？
……まあ、年月が経《た》てばオルトラも元に戻るかもしれない。
人の熱情など、意外と長続きはしないものだ。
元々、大した人間ではないのだし……。
けれど何年経っても、そうはならなかった。
どころか王家の力は増すばかり。
最初は姫の戯れと馬鹿にしていたカトレアの動きも、不穏になってきた。

さらには、
〝聖王陛下は次期聖王に娘のカトレア様をと考えているらしい〟
などという耳を疑うような噂《うわさ》まで聞こえてくる始末。
一体どうしたというのだ――オルトラ。
何がおまえをそこまで変えた？
あのエルフか？　やはりあれが、おまえの力の源なのか？
とはいえ、奇跡の夜の一件も伝聞でしかない。
確証が、欲しかった。
失敗は許されない。
一撃で、聖王を再び失意の底に叩《たた》き落とさねばならない。
そのためあの式典に参列し、その後に行われた宴《うたげ》にも参加した。
直接、真実を確かめるために。
そして――確信を得た。
やはりあの娘だ。間違いない。
セラス・アシュレイン。
あの娘こそが、オルトラの力の源泉だ。
なるほど、奇跡のように美しい少女なのは認めよう。

しかし、憎い。
自分の未来——ひいては、息子の輝かしい未来を奪ったハイエルフ。
あれだ。あれを殺してさえしまえば、オルトラは戻る。
今度こそ自分が——息子が、聖王となるのだ。
あの美しい姫騎士を殺すのをもったいないとは思わない。
元々、美しいと評判だった妻とも結婚したいとは思わなかった。
結婚したのは、家同士の取り決めでしかない。
自分は女に欲情などしない。女など、穢《けが》らわしいだけだ。
だから美しくはあっても、あのエルフの命を惜しいなどとは思わない。
この手に入れたいとも、思わない。
ああ——邪魔だ。本当に。
が、刺し違えるような真似《まね》はだめだ。自分の身は綺麗《きれい》でなくてはならない。
そこで、子飼いの盗賊団を使うことにした。
別の貴族の領地に定期的に送り込み、自分の邪魔者を適度に潰させてきた盗賊団。
大ごとになれば、用意した我がミシュル領の根城でかくまう……。
そうだ。あやつらを使おう。
幸い聖騎士団は治安維持やら何やらのご立派な信念で、野盗の討伐に積極的だ。

盗賊団討伐の要請を出せば、容易にこの領地に誘い出せるだろう。

そして、蜃気楼の賛歌の名であれば出てくるはず――セラス・アシュレインが。

ネーアの姫騎士の死の報告を今か今かと待ちわびながら、ハッグは屋敷の庭に立ち、曇り空を見上げた。

――ああ、雪だ。

今年も、雪が積もるのだろうか？

「ミシュル公爵」

「？」

振り返ると、そこには――

「カトレア、姫……？」

聖騎士を従えたカトレアが、立っていた。

「ようやく、証拠が揃《そろ》いましたわ」

「な、に？」

「蜃気楼の賛歌と通じていた上、わたくしのセラスを亡き者にしようとしていたとは……少々おイタがすぎましたわね、ミシュル公」

「な――何を馬鹿な……今も私は姫騎士殿がミロクを見事打ち倒し戻ってくるのを、今か今かと待っているところだ。今の言葉はもはや、侮辱ですぞ」

「わたくしは貴方《あなた》を、泳がせていたのです」

「？　私を、泳がせていた……？　一体なんの話です？」

「実は先日、貴方のお仲間を捕らえてセラスと尋問をしたのです。その者が、真実を教えてくれましたわ」

「はは……それはおそらく、私を貶《おとし》めようとする不届き者の放言でしょう。私も敵が多いですからな。まさか……あなたともあろうお方が、そんなものを信じると？」

「では――これは？」

カトレアが示したのは、手紙のようだった。

「ふむ？　なんですかな、それは？」

「貴方が、ミロクへあてた手紙です」

「馬鹿な」

手紙を裏返し、目を通すカトレア。

「しかし、貴方の筆跡で間違いないと思うのですが……」

いい加減うんざりしてきたハッグは、肩を怒らせて歩み寄った。

カトレアが手紙を差し出す。ハッグは、ひったくるように手紙を受け取った。

――馬鹿馬鹿しい。

仮にミロクに指示を出すとして、自分で書いて証拠の筆跡など残すものか。

他の者を使うに決まっている。

が、

「馬鹿、な……？　わ、私の筆跡……、ち、違う……こんなもの、書いた覚えはないぞ!?」

「先月」

「？」

「お父様と、手紙を交わしてらしたわね」

「――――ッ」

最近の筆跡を盗まれた？

では、これは――

「ね、ねつ造ではないか！　これは大問題ですぞ、姫さま！　姫さまといえど、さすがに悪ふざけが――」

「貴方は、セラスを亡き者にしようとした」

強い調子に、思わずハッグは気圧《けお》された。

「おそらくは……わたくしが予想しているような理由で。そして、亡き者にしようとした証拠もここにある」

「だ、だからそれは……私の筆跡に似せた、ねつ造の……」

「さて——この〝真実〟をお父様に伝えたら、貴方はどんな罪を科せられるかしら？」

「！」

微笑《ほほえ》むカトレアの目が、狐目《きつねめ》のような形を描く。

「ミロク討伐に向かったセラスたちから、軍魔鳩《ぐんまきゅう》で報告が届きました。まあ、辻褄《つじつま》は合いますわね。さて……今回、状況的には一応この手紙に記された通りのことが実際に起こってしまったわけですが——」

「ぐ、ぅ……」

「今の聖王がこれらを見聞きして、貴方の弁解を信じるとお思いですの？　ああ、もう考えるだけで恐ろしい……」

焦がれている。

聖王が恋焦がれているあの姫騎士を、亡き者にしようとした。

そんな話が、今のオルトラの耳に入ったら……ッ！

「くぅぅう、う……ッ」

「わたくし、この時を待っていましたのよ？　貴方は今や、反聖王派の大貴族たちの旗手でもありますから……わたくしとしては、ご退場いただいた方が何かと都合がよろしいんですの。それに——ネーア国内を騒がせていた蜃気楼《しんきろう》の賛歌も叩き潰せて、一石二鳥ですわ」

「こ、の……女《め》、狐《ぎつね》……がぁぁあああ……」

「絵を描くだけではなく――実際に行動へ出た、貴方の負けですわ」

「うわぁぁあああああああ――――ッ！」

ハッグは懐から短刀を抜き、カトレアに襲いかかった。

ドロシーが素早く剣を抜くも――カトレアの剣の方が先に、ハッグの胸を貫いていた。

「はぁ……いきなり襲いかかってくるなんて、恐ろしい方。ああ、でもこれは正当な防衛の結果ですから……とはいえ、こんな結果になってしまって本当に残念ですわ」

薄れ行く意識の中。

ハッグが最期に見たカトレアは、やはり、狐のような目で微笑んでいた。

「あの子の首に手をかけようとしたのが間違いでしたわね――ハッグ・ミシュル」

◇【セラス・アシュレイン】◇

「――セラス」

「姫さま」

ミシュル公爵領から戻ったセラスは、王都でカトレアと再会した。

二人、抱擁し合う。

聞けばカトレアも一時、ミシュル領に足を運んでいたという。

と、セラスは違和感を覚えた。

「……姫さま？」

カトレアが自分の胸に顔を埋《うず》めたまま、動かない。

いや――震えている？

「どう、されたのですか？」

「軍魔鳩の報告で無事は知っていましたが……よく、無事に戻りました」

それは、ねぎらいの言葉だった。セラスの身を案じてくれていたようだ。

ただ、ここまで感情的になっているのは珍しい。

「……はい。今回も無事、戻りました」

「ごめんなさい」

「なぜ、謝るのです？」

セラスは苦笑する。

たまにカトレアは脈絡なくセラスに謝罪する。

謝罪の理由は、たとえ嘘《うそ》が見抜けても説明されぬ限りわからない。

そしてセラスも、深くは追及しない。いつものことだ。

――雪が、降っている。

セラスは優しく、カトレアを抱擁し直した。

そんな姿を、聖騎士たちが見守っている。

マキアも、エスメラルダも、ドロシーも。

「皆、ここにいます――私も」

「ええ」

「私たちは、姫さまの騎士です」

セラスは言った。

「姫さまのための、剣です」

□

その日、聖騎士たちは曇天の下――騎乗し、整列していた。
遠目に見えるのは、雄叫《おたけ》びを上げて迫ってくる金眼《きんがん》の魔物の群れ。
昨晩、ネーア国内の地下遺跡から溢《あふ》れてきた金眼たち。
聖王オルトラは聖騎士団にこれの撃滅を命じた。
また、各地の貴族にも兵を出すようお触れを出した。
白馬に乗った聖騎士装のセラス・アシュレイン。
彼女の後ろには、馬に跨《また》がった聖騎士たちが並んでいる。
先ほど高らかに聖騎士団長として口上を述べ、すでに戦いの準備は整っている。
魔物たちの、策も何もない突撃。
その突撃の先には、ネーアの民が住む都市がある。
守るべき人々――カトレアの守りたい人々。
自分も、彼らを守りたい。
白馬が前足を上げていななき、セラスは剣を掲げた。
「ネーアの戦士たちよ――今、民を守るために剣を！」
「民を守るために剣を！」
聖騎士団長の呼びかけに、背後に広がる騎士たち、そして兵たちが続く。
その時、厚ぼったい雲間から、何本もの細い太陽の白き光が地上へと降り注いだ。

セラスは剣を金眼の魔物たちへ向け――号令をかける。

「突、撃！」

（だから私は――）

守るべき者のために、この剣を振るう。

□

ひと月後、すっかり姿をくらませがちだったアライオンの女神が表舞台へと戻ってきた。

『反応がありましたので、そろそろかと思いまして』

女神は、そう語ったという。

この発言は不穏でもあった。

女神が言う〝そろそろ〟とはつまり――

根源なる邪悪の降臨を意味するのではないか？

まことしやかに、そんな不穏な噂《うわさ》が広がり始めた。

それから、

〝噂のネーアの姫騎士に一度会ってみたい〟

女神は、そんなことも言っているという。

さて、ネーア国内はというと、すっかり王家が力を取り戻し、観念した反聖王派の大貴族たちは、そのほとんどが王家の軍門に下り直した。

そして、その年――〝人類最強〟を擁するバクオス帝国が突如、ネーア聖国への侵攻を開始したのである。

エピローグ

「――バクオス侵攻の報が飛び込んできた時、近衛《このえ》騎士団長を筆頭に、剣を取って戦うべきと主張する者もいました。私も、ネーアの聖騎士団長として最後まで戦い抜く覚悟を示しました。ですが……伝令から〝人類最強〟の名が出た途端ひどく陛下が狼狽《ろうばい》し、全面降伏すると言い出したのです」

　セラスは目を伏せ、

「そのあとの姫さまの決断は……実に素早いものでした。この城から私を逃がす――と。こういう事態に備えていたのか、どうやら私を城から逃がす下準備は常に整えてあったようです。しかし、私は納得いきませんでした。なぜなら、姫さまは私一人だけを逃がすと言ったのです。姫さまや聖王陛下、聖騎士団の者たちは城に残ると……もちろんならば私も残ると食い下がりました。ですが……結局、私一人で城を脱出する選択をするしかなくなりました」

　セラスはそこで、どこか観念めいた微笑を浮かべた。

「そういう部分では、ふふ……やはり姫さまには敵《かな》いませんね。もし私がここに残るなら、自分は今ここで自害する――セラスが残るということはつまり、今の〝自分〟が死ぬのと同じことだから……と。姫さまはそうおっしゃいました。嘘ではなく本気でした。姫さまが私のせいで自害するなど……到底、私には耐えられません。そしてそれが姫さまの願いならばと――私は、城からの脱出を受け入れたのです」

脱出後、セラスはまず光の精霊で顔を変えた。

そしてカトレアに言われた通り殲滅聖勢《せんめつせいせい》に参加する者を装い、南回りでヨナト公国を目指すことにした。しかし侵攻直後は、放たれた追っ手の数の問題もあってしばらくはなかなか身動きが取れなかった。

ネーア領から出るのもままならず、足踏みする日々が続いた。

それでも時間をかけてようやくネーア領を出ることに成功し、セラスはウルザ領に入った。ネーア領から出たことで、移動速度も上がった。

が、そこに凄腕《すごうで》として名高い四人組の傭兵《ようへい》――聖なる番人《ホワイトウオーカー》が立ちはだかった。セラスは、彼らから逃げつつ西を目指していた。

「――で、俺と出会うわけか」

「はい、そうなります」

ここは女神討伐軍の野営地。

俺たちは今、幕舎の中にいる。

報告によれば明日辺りには、ヴィシスが放った聖体軍が女神討伐軍とぶつかる。

これが最後の夜ってわけでもないが、セラスと決戦前に一度じっくりと二人の時間を作っておきたかった。こういう時間は、取れる時に取っておいた方がいい。

で、俺はその時間を使ってセラスの過去話を聞くことにした。

セラスから、話したいと言ったのだ。

まあ正確には〝話してもよろしいでしょうか？〟と、実に控えめに聞かれた形だったが。

俺たちは、ベッドの縁に並んで座っている。

今日は――一緒に寝ることにした。

セラスの昔話は、夕食後からずっと聞いている。

もう野営地にいる他の連中も、おそらく今は大半が眠っているだろう。

そのくらいの時刻には、なっていた。

「申し訳ありません……面白くもない話だったとは思いますが、私は、こうして聞いていただけて……なんだか、心残りが一つ消えたような気がします」

「前々から、セラスの方から話したくなったらいつでも聞くとは言ってあったしな。それに、つまらない話じゃなかったさ。なんていうか――普通に、嬉《うれ》しかった」

「嬉しい、ですか」

「おまえのことを、もっと知れたからな」

「――――ッ、……はい」

サッと頬がすぐ赤くなる辺り、聖騎士団長時代のセラスとはけっこう違うのかもしれない。確かマキアも魔防《まぼう》の白城《はくじょう》で話した時、団長時代のセラスは感情が薄く見えたみたいなことを言っていた。

「その、私も――」

頬を染めたセラスは、肌の露《あら》わになった自分の膝に視線を落とし、

「私も、いつか……トーカ殿の過去のお話を――お聞きできたら、と……」

「ああ。おまえにだったら、なんでも話してやるよ」

「な、なんでも……？」

「……いや、何を聞こうとしてる？　つーか、何を想像した？」

「す――すみません」

恐縮し、肩を縮める元聖騎士団長。

「だからおまえは、謝りすぎだ。昔話の中でもな」

言って、肩を抱き寄せる。

「あ――」

ちょっと目を丸くしたセラスだが、すぐに微笑《ほほえ》みを浮かべると、肩から力を抜いて目を閉じた。

「すみません……、あ――ふふ、また謝ってしまいましたね……」

セラスがそのまま、身を預けてくる。俺の胸に頭を預けるような形で。

位置的には、すぐ右下にちょっと上向いたセラスの頭がある。

俺は肩を抱き寄せたまま、

「過去のおまえも、立派だと思うよ」

「……お褒めていただけて、光栄です」

セラスの過去――俺と出会う前のセラス・アシュレイン。

俺が聞いたのはあくまでセラスの主観部分だけだ。

セラスを取り巻く人々にも、色々な思惑や想《おも》いがあったのだろう。

特に姫さま――カトレアとか。

もちろん俺に、それらを知るよしはない。

「ただ……やっぱり他者に尽くしすぎだな、おまえは」

「そう、なのでしょうか？」

「変な話なんだが、セラスの物語なのに――セラスがいない。そんな風にも感じた」

「私が、いない……」

「エリカの家でも、さっきの話の途中でも言ったろ？　おまえは、もっとわがままになっていい」

「わがままな私で、大丈夫なのでしょうか」

「問題ないだろ」

「あの——今、は……」

セラスが体勢を変えた。そして俺の胸に手を置き、身体《からだ》を密着させてくる。

目と鼻の先に今、赤くなったセラスの顔がある。

その瞳は、少しだけ揺れていた。

「ん？」

「今はわがままがある……と、思います。昔と、違って」

「そうか？」

「え——そ、そうですっ……」

「アシントと戦ったあとに、雨宿りしてた洞窟で言ったこと……覚えてるか？　この復《ふく》讐《しゅう》の旅につき合ってもらう代わりに、なんでも一つセラスの言うことを聞いてやるって話」

「は、はい。ですがあれは、魔防の白城にいる姫さまを助けたいという私の願いを、聞いていただいたので——」

「なんだ、それでチャラになったと思ってたのか」

「そ、そのつもりだったのですが。いえ……でなければ今、私の昔話を聞いていただきましたし——」

「前者は姫さまのためだし、後者は俺がいつか聞きたかった話だ。そこにおまえの〝わがまま〟はない――俺は、そう思ってる」

「そう、なのでしょうか。それは私の願望でもある気が――するの、ですが……」

目の前で、うーん、と視線を斜め上にやるセラス。

「俺が違うと言ったら違う。だから、ノーカウントだ」

「でしたら――、……どうしたら、いいのでしょう？」

俺は思わず、笑ってしまった。

「いやだから、なんでもいいんだって。俺にできることなら、だがな」

「ですが私は、トーカ殿にたくさんのことを――」

「今までのことは俺の方からしてやっただけだ。そう、俺がしたくてやっただけだ。おまえに頼まれてやったわけじゃない」

「に、逃げ道を塞いできますね……さすがは我が主《あるじ》……」

言って、困った顔をするセラス。

考え込んでいるからか、頭を下げてしまった。そして、

「あ、では――ぅぐっ」

「う」

勢いよく上げたセラスの頭が、ごっ、と俺のあごにあたった。

「わわ、すみませんトーカ殿っ」

俺はあごをさすりながら、

「いや、大丈夫だ——で、なんだよ？　なんか思いついたんだろ？」

「その……復讐の旅が終わり、ましたら……」

「ああ」

「呼び方を変えてみて、よろしいでしょうか……？」

「呼び方？　なんか前にも一回、試みたことがあった気もするが……」

「トーカ殿、ではなく——む？　ええっと……」

「トーカ、でもいいぞ？」

「い、いえ！　それはまだ、壁が高いと言いますか……そうですね……トーカ、様？」

「いや——〝殿〟より距離が遠くなってないか、それ？　まあ、リズが俺を呼ぶ時も〝トーカ様〟だから、別に〝様〟づけだからって距離が遠いわけでもないが……」

「むむ……難しい、です」

「つーか、それもだめだな」

「え？」

「呼び方に使うのは、なしだ。特別感がない」

「私にとっては特別感あり、なのですが」

「却下だ」

「…………」

セラスがまた顔を下げた。頭のてっぺんを、俺の胸に押しつけている。

しばらく、セラスはそのまま考え込んでいた。と、

「……で、でしたらっ」

「ああ」

何か思いついたらしい。

「け――」

「け？」


「結婚、を」


まず――すごい声だった。

なんていうか、蚊の鳴くような細さ。

てか……結婚、ときたか。

「あの……この戦いが終わって、トーカ殿が……元の世界へ、お戻りになるまでの間だけで――よいのです。その間……だけで」

ミラで言った〝ずっとそばにいてやる〟宣言は、頭からトんでるようだ。

「いいぞ」

「そう、ですね……さすがに、急にそんなことを言われても……申し訳ございません
――どうか、忘れてくださ――、…………………？」

ばっ、とセラスが顔を上げた。

今度は、あごに頭はあたらなかった。

「――え？」

「いやだから……俺の方はいいぞ？　セラスが望むなら」

「え――あの、けっこ――」

「結婚だろ。つーか……」

俺は、微笑む。

多分この時は、心から。

「ようやくちゃんと、わがままらしいことが言えたな」

「ぁ――は、はい――わがままだと……思い、ます……はい……」

「じゃ、それで確定でいいか？」

さらにセラスが、身体を密着させてきた。

おそらくは感情の高ぶりで目を丸くしているセラス。

その顔がもう、まさに目と鼻の先まで来ている。

「は、はい――確定でっ」

実のところ、俺たちは明確に恋仲だと互いに認め合ったわけではない。

なので、段階をすっ飛ばしてる感もあるが……

ま、過去を鑑みればこれで恋仲じゃないってのも無理があるだろう。

それに、互いに好き合ってるのは――


もう何度も、確認してる。


「あ――」

そこでようやく、セラスは互いの顔の距離を自覚したらしい。

「も、申し訳――」

「じゃ、ないだろ」

言って、俺は離れかけたセラスを引き寄せた。

そして――唇を重ねた。

セラスの身体から力が抜け、俺にすべての決定権を委ねてきたのがわかった。

「…………」

セラスと唇を触れ合わせながら――俺は、自覚する。

どこかにまだ冷静な〝俺〟がいることを。

まだ復讐の旅は終わっていないぞ、と。

冷めた目で、そう呼びかけてきている。

復讐を済ませないと、多分〝こいつ〟は消えてくれない。

ああ、そうだな。

……ったく。

決戦前にまったく――甘ったるいことだ。

けどまあ……今日はあのセラスが、ようやく自分から〝わがまま〟を言ったんだ。

だから今この時――このくらいは、いいだろう。


翌朝――聖体軍との衝突が、迫っていた。

戦いの準備が各所で進められている。もう昨日の時点で十分な準備は済ませているのだが、それでも陣地の中ではたくさんの人が今も行き交っている。

そんな中、

「おはようございます、蠅王《はえおう》殿」

「ああ、あんたか。おはよう」

馬に乗って現れたのは、カトレア・シュトラミウスだった。

今、俺は仮面を外している。

「セラスに用か？　セラスなら――」

「いいえ、セラスとは先ほど話しましたわ。ですので、わたくしが用があるのは貴方《あなた》にです」

「俺に？」

「貴方には礼を言いますわ、トーカ・ミモリ」

「心当たりがありすぎるな」

「ふふ、貴方は実に興味深い殿方ですわね。わたくしの周りにはいなかった気質の者です」

「そりゃどうも」

「礼というのは――セラスのことです」

その言葉には、真摯な響きがあった。

「貴方のおかげで、あの子もようやく〝自分〟を見つけることができたようです」

目を細め、カトレアは遠くを見据える。

見ているのは多分、過去だろう。

「それをずっと阻んでいたのは、わたくし……いえ、彼女の母親もわたくしと似た部分はあったのだと思います。自分のために利用した分——わたくしの方が、罪深いですが」

記憶の一部が戻ったあと、セラスは彼女にもハイリングス時代の過去話をしている。

なるほど、確かにセラスの人格形成には、幼少時の両親の育て方も深く関わっているのかもしれない。

「もちろん贖罪《しょくざい》は続けるつもりです。これからも。ただ、あの子は貴方と出会わなかったら——いえ、貴方以外の誰かだったら。きっと、あんな風にはなれなかった」

俺も彼女と同じ方角を見つめ、

「……確かに、あんたは自分の願いのためにセラスを利用した部分はあったかもしれない。けど——それは全部、セラスを守るためだったんじゃねぇのか？」

「——————」

「あいつを守るためにはああするしかなかった……違うか？」

「……それでも、わたくしは」

「俺の方こそ、感謝してるさ」

この女王は——姫さまは、守りたいと思った。

冬の森で出会った、新しくできた姉妹を。

ずっと、欲しかったものを。

その輝きを。

「よく俺と出会うまでセラスを守り抜いてくれた――心から感謝するよ、カトレア・シュトラミウス」

「あな、たは――、……」

感極まったのか。

そこで、カトレアの言葉が詰まった。

俺は黙ったまま、彼女の方を見なかった。

誰かが俺を呼びに来たが、何か察して無言で戻って行った。

そして、小さく洟《はな》を啜《すす》る音が消えた頃――カトレアが口を開いた。

「貴方のおかげで……ほんの少しだけ、肩の荷がおりた気がします。その――」

カトレアは、いくらか晴れ晴れとした声で言った。

「ありがとう」

「どういたしまして」

「それでは、トーカ・ミモリ」

カトレアが、馬首を後ろへ巡らせた。

「ああ」

「貴方とセラスの子ども――楽しみにしてますわよ？」

言って、カトレアはその場を立ち去った。

「…………」

セラス。

まさかあの夜の話……姫さまに、してないよな？

〝聖体軍、迫る〟

この報が軍全体に波のように伝わり、一帯の緊張感が増した。

「トーカ殿」

いよいよ、始まる。

「この戦いが終わるまでは――今まで通り、あなたの騎士としての役目に集中します。どうか、ご安心を」

「ああ、頼りにしてる」

共に――

「行くぞ、セラス」

この旅の、終着点へ。

「はい、お供します」

曇りなき音色にて、姫騎士は応える。

「我が主《あるじ》」

あとがき

セラスの過去の話をどう扱うかについては以前から迷っていました。

ただ、前巻あとがきで書いた通り書籍版を〝トーカとセラスの物語〟とするなら、やはりどこかで書くべきではないかとも思っていました。

そういう意味では、このような形で世に出せたのは幸いだった気がします。

さて、今巻はセラス・アシュレインが〝わがまま〟を取り戻すまでの物語とも言えます。その上で、一冊という分量を通し他にも色々と描くことができました。序盤はハイエルフの国で起こった追放劇、そして中盤以降はネーア聖国時代の聖騎士としてのセラス、さらにその周辺のあれやこれやが描かれています。ちなみにネーア聖国の〝従騎士〟は騎士見習いではなく、騎士の称号を与えられています。〝王女個人に付き従う騎士〟という意味での〝従騎士〟ですので、西洋史などに登場する従騎士とは微妙に違うものとお考えいただけましたらと（この辺り、ややこしくなってしまい申し訳ございません……）。

また、今巻では本筋の中に現在軸のトーカとの会話を挟みつつ、エピローグでは現在軸のトーカ視点へと戻ってきます。そして……トーカとセラスが、あのような約束を果たすこととなりました。二人の行く末も、温かく見守っていただけましたらと思います。

ここからは謝辞を。担当のO様、お忙しい中（本当に、お忙しい中）いつもありがとうございます。ＫＷＫＭ様、今巻では色んなセラスをがっつりと描いてくださりありがとうございました（カトレアとマキアも素晴らしかったです）。内々《うちうち》けやき様、鵜吉《うよし》しょう様、定期的にいただくコミカライズの原稿を拝読しつつ、モチベーションを高めております。また、この作品に携わってくださっている方々に、今回もこの場を借りて感謝申し上げます。

更新が不定期ながらも変わらず応援してくださっているＷｅｂ版読者の皆さま、セラスの過去編、楽しんでいただけたら嬉《うれ》しく思います。そして、この書籍版をこうして手に取り続けてくださったあなたのおかげで、今作はこのたびアニメ化という身に余る幸運にご縁をいただけました。改めて心よりお礼申し上げます。ありがとうございました。

それでは、いよいよ本格的な決戦へと突入していく次巻でお会いできることを祈りつつ、今回はこのあたりで失礼いたします。

篠崎《しのざき》　芳《かおる》

作品のご感想、
ファンレターをお待ちしています

あて先

〒141-0031
東京都品川区西五反田 8-1-5 五反田光和ビル4階
ライトノベル編集部
「篠崎 芳」先生係／「KWKM」先生係

OVERLAP

ハズレ枠の【状態異常スキル】で最強になった俺がすべてを蹂躙するまで 11.5

発　　行　2024年1月25日　初版第一刷発行

著　　者　篠崎 芳
発 行 者　永田勝治
発 行 所　株式会社オーバーラップ
〒141-0031　東京都品川区西五反田 8-1-5
校正・DTP　株式会社鷗来堂
印刷・製本　大日本印刷株式会社

Printed in Japan　ISBN 978-4-8240-0711-7 C0193

オーバーラップ文庫
凡人探索者のたのしい現代ダンジョンライフ
[最弱の凡人が、世界を圧倒する!]
ある事件をきっかけに、凡人・味山只人が宿したのは「攻略のヒントを聞く異能」。周囲からは「相棒の腰巾着」と称され見下される味山だが、まだ誰も知るよしはなかった。彼が得た「耳」の異能。それはいつか数多の英雄すら打倒する力であることに——!
著 しば犬部隊　イラスト 諏訪真弘
シリーズ好評発売中!!